凤

沈从文

著

江苏人民出版社

图书在版编目（CIP）数据

凤凰往事 / 沈从文著. --南京：江苏人民出版社，
2014. 1
（含章文库. 沈从文集）
ISBN 978-7-214-10857-9

Ⅰ.①凤… Ⅱ.①沈… Ⅲ.①散文集 – 中国 – 现代
Ⅳ.①I266

中国版本图书馆CIP数据核字（2013）第243283号

书　　　名	凤凰往事	
著　　　者	沈从文	
责 任 编 辑	吴　迪	
装 帧 设 计	凤凰含章	
出 版 发 行	江苏人民出版社	
出版社地址	南京市湖南路1号A楼，邮编：210009	
出版社网址	http://www.jspph.com	
印　　　刷	天津旭丰源印刷有限公司	
开　　　本	880 mm × 1230 mm　1/32	
印　　　张	8	
字　　　数	155 000	
版　　　次	2014年1月第1版　2020年5月第2次印刷	
标 准 书 号	ISBN 978-7-214-10857-9	
定　　　价	32.00元	

（江苏人民出版社图书凡印装错误可向承印厂调换）

目录 ·
CONTENTS

— 沅水之畔 —

▢ 题 记

　　我这本小书只能说是湘西沅水流域的杂记，书名用《沅水流域识小录》，似乎还切题一点。因为湘西包括的范围很宽，接近鄂西的桑植、龙山、大庸、慈利、临澧各县应当在内，接近湘南的武冈、安化、绥宁、通道、邵阳、溆浦各县也应当在内。不过一般记载说起湘西时，常常不免以沅水流域各县做主体，就是如地图所指，西南公路沿沅水由常德到晃县一段路，和酉水各县一段路。本文在香港《大公报》发表时，即沿用这个名称，因此现在并未更改。

　　这是古代荆蛮由云梦洞庭湖泽地带被汉人逼迫退守的一隅。地有五溪，"五溪蛮"的名称即由此而来。传称马援征蛮，困死于壶头山，壶头山在沅水中部，因此沅水流域每一县城至今都还有一伏波宫。战国时被放逐的楚国诗人屈原，驾舟溯流而上，许多地方还约略可以推测得出。便是这个伟大诗人用作题材的山精洞灵，篇章中常借喻的臭草香花，也俨然随处可以发现。尤其是与《楚辞》不可分的酬神宗教仪式，据个人私意，如用凤凰县苗巫主持的大傩酬神仪式做根据，加以研究比较，必尚有好些事可以由今会古。土司制度是中国边远各省统治制度之一种，五代时马希范与彭姓土司夷长立约的大铜柱，现今还矗立于酉水中部河岸边，地临近青鱼潭，属永顺县管辖。酉水流域几个县份，至今就还遗留下一些过去土司统治方式，可作专家参考。屯田练勇改土归流为清代两百年来处理苗族方策，且是产业共有共享一种雏形试验。辛亥以来，苗民依旧常有问题，问题便与屯田制度的变革有关，与练勇事似二而一。所以一个行政长官，一个史学者，一个社会问题专家，对这地方的过去、当前、未来如有些关系，或不缺少研究兴味，更不能不对这地方多有些了解。

又如战争一起，我们南北较好的海口和几条重要铁路线都陆续失去了，谈建国复兴，必然要从地面的人事经营和地下的资源发掘做起。湘西人民常以为极贫穷，有时且不免因此发生"自卑自弃"感觉，俨若凡事为天所限制，无可奈何。事实上，湘西的桐油、茶叶、木材、竹、棕，都有很好的出产。地下的煤铁虽不如外人所传说富厚，至于特殊金属，如锑、砒、银、钨、锰、汞、金，地下蕴藏都相当多。尤其是经最近调查，几个金矿的发现，藏金量之丰富，与矿床之佳好，为许多专家所想象不到。湘西虽号称偏僻，在千五百年前的《桃花源记》，被形容为与世隔绝的区域，可是到如今，它的地位也完全不同了。西南公路由此通过，贯穿了四川、贵州、云南、广西的交通。并且战争已经到了长江中部，有逐渐向内地转移的可能。湘西的咽喉为常德，地当洞庭湖口，形势重要，在沿湖各县数第一。敌如有心冒险西犯，这咽喉之地势所必争，将来或许会以常德为据点，作攻川攻黔准备。我军战略若系将主力离开铁路线，诱敌入山地，则湘西沅水流域必成为一个大战场——一个战场，换一句话，可能就是一片瓦砾场！"未来"湘西的重要，显而易见。然而这种"未来"是和"过去""当前"不可分的。对于这个地方的"过去"和"当前"，我们是不是还应当多知道一点点？还值得多知道一点点？据个人意见，对于湘西各方面的知识，实在都十分需要。任何部门的专家，或是一个较细心谨慎客观的新闻记者，用"湘西"作为题材，写成他的著作，不问这作品性质是特殊的或一般的，我相信，对于建设湘西、改造湘西，都重要而有参考价值。因为一种比较客观的记载，纵简略而多缺点，依然无害于事，它多多少少可以帮助他人对于湘西的认识。至于我这册小书，在本书《引子》即说得明明白白：只能说是一点"土仪"，一个湘西人对于来到湘西或关心湘西的朋友们所作的一种芹献。我的目的只在减少旅行者不必有的忧虑，补充他一些不可免的好奇心，以及给他一点来到湘西为安全和快乐应当需要的常识，并希望这本小书的读者，在掩卷时，能对这边鄙之地给予少许值得给予的同情，就算是达到写作目的了。若这本小书还可对这些专家或其他同乡前辈成为一种"抛砖引玉"的工作，那更是我意外的荣幸。

我生长于凤凰县，十四岁后在沅水流域上下千里各个地方大约住过五六年，我的"青年人生教育"恰如在这条水上毕的业。我对于湘西的认识，自然较偏于人事方面，活在这片土地上的老幼贵贱，生死哀乐种种状况，我因性之所近，注意较多，也较熟习。去乡约十五年，去年回到沅陵住了约四个月，社会新陈代谢，人事今昔情形不同已很多。然而另外又似乎有些情形还是一成不变。我心想：这些人被历史习惯所范围、所形成的一切，若写它出来，当不是一种徒劳。因为在湘西我大约见过两百左右年轻同乡，除了十来个打量去延安，为介绍有关熟人写些信，此外与些人谈起国家大事、文坛掌故、海上繁华时，他们竟像比我还知道得很多。至于谈起桑梓过去当前情形，却茫然发呆。人人都知道说地方人不长进，老年多保守顽固，青年多虚浮繁华，地方政治不良，苛捐杂税太多，特别是外来人带着一贯偏见，在各县以征服者自居的骄横霸蛮态度，在兵役制度上的种种苛扰。可是都近于人云亦云，不知所谓。大家对于地方坏处缺少真正认识，对于地方好处更不会有何热烈爱好。即从青年知识分子一方面观察，不特知识理性难抬头，情感勇气也日见薄弱。所以当我拿笔写到这个地方种种时，心情实在很激动，很痛苦。觉得故乡山川风物如此美好，一般人民如此勤俭耐劳，并富于热忱与艺术爱美心，地下所蕴聚又如此丰富，实寄无限希望于未来。因此这本书的最好读者，也许应当是生于斯，长于斯，将来与这个地方荣枯永远不可分的同乡。

湘西到今日，生产、建设、教育、文化在比较之下，事事都显得落后，一般议论常认为是"地瘠民贫"，这实在是一句错误的老话。

老一辈可以借此解嘲，年轻人绝不宜用之卸责。二十岁以下的年轻人更必须认识清楚：这是湘西人负气与自弃的结果！负气与自弃本来是两件事，前者出于山民的强悍本性，后者出于缺少知识养成的习惯：两种弱点合二为一，于是产生一种极顽固的拒他性。不仅仅对一切进步的理想加以拒绝，便是一切进步的事实，也不大放在眼里。譬如就湘西地方商业而论，规模较大的出口货如桐油、木材、烟草、茶叶、牛皮、生漆、白蜡、木油、水银，进口货如棉纱、煤油、烟卷、食盐、五金，近百年来习惯，就无不操纵在江西帮、汉口帮大商人手里，湘西人是从不过问的。湘西人向外谋出路时，人自为战，与社会环境奋斗的精神，很得到国人尊敬。至于集团的表现，遵循社会组织，从事各种近代化企业竞争，就大不如人。因此在政治上虽产生过熊希龄、宋教仁，多独张一帜，各不相附。军人中出过傅良佐、田应诏、蔡钜猷，对于湖南却无所建树。读书人中近二十年来更出了不少国内知名专门学者，然而沅水流域二十县，到如今却连一个像样的中学还没有！各县虽多财主富翁，这些人的财富除被动地派捐绑票，自动地嫖赌逍遥，竟似乎别无更有意义的用途。这种长于此而拙于彼，仿佛精明能干，其实糊涂到家的情形，无一不是负气与自弃的结果。负气与自弃影响到政治方面，则容易有"马上得天下，马上治之"观念，少弹性，少膨胀性，少黏附图结性，少随时代应有的变通性。影响到普遍社会方面，则一切容易趋于保守，对任何改革都无热情，难兴奋。凡事唯以拖拖混混为原则，以不相信不合作保持负气，表现自弃。这自然不成的。负气与自弃使湘西地方被称为"苗蛮匪区",湘西人被称为"苗蛮土匪",这是湘西人全体的羞辱。每个人都有涤除这羞辱的义务。天时地利待湘西人并不薄,湘西人所宜努力的,是肯虚心认识人事上的弱点,并有勇气和决心改善这些弱点。第一是自尊心的培养,特别值得注意。因为即以游侠者精神而论,若缺少自尊心,便不会成为一个站得住的大角色。何况年轻人将来对地方对历史的责任远比个人得失荣辱为重要。

日月交替,因之产生历史。民族兴衰,事在人为。我这本小书所写到的各方面现象和各种问题,虽极琐细平凡,在一个有心人看来,说不定还有一点意义,值得深思!

◻ 引 子

　　战事一延长，不知不觉间增加了许多人的地理知识。另外一时，我们对于地图上许多许多地名，都空空泛泛，并无多少意义，也不能有所关心。现在可不同了。一年来有些地方，或因为敌我两军用炮火血肉争夺，或因为个人需从那里过身，都必然重新加以注意。例如丰台、台儿庄、富阳、嘉善、南京或长沙，这里或那里，我们好像全部都十分熟习。地方和军事有关，和交通有关，它的形势、物产，多多少少且总给我们一些概念。所以当前一个北方人，一个长江下游人，一个广东人（假定他是读书的），从不到过湖南，如今拟由长沙，经湘西，过贵州，入云南，人到长沙前后，自然从一般记载和传说，对湘西有如下几种片断印象或想象：

　　一、湘西是个苗区，同时又是个匪区。妇人多会放蛊，男子特别欢喜杀人。

　　二、公路极坏，地极险，人极蛮，因此旅行者通过，实在冒两重危险。若想住下，那简直是探险了。

三、地方险有险的好处，车过武陵，就是《桃花源记》上所说的渔人本家。武陵上面是桃源县，就是"桃花源"，那地方说不定还有避秦的遗民，可以杀鸡煮酒，殷勤招待客人。经过辰州，那地方出辰州符，出辰砂。且有人会"赶尸"。若眼福好，必有机会见到一群死尸在公路上行走，汽车近身时，还知道避让路旁，完全同活人一样！

四、地方文化水准极低，土地极贫瘠，人民蛮悍而又十分愚蠢。

这种想法似乎十分可笑，可是有许多人就那么心怀不安与好奇经过湘西。经过后一定还有人相信传说，不大相信眼睛。这从稍前许多过路人和新闻记者的游记或通信就可看出。这种游记和通信刊载出来时，又给另外一些陌生人新的幻觉与错觉，因此湘西就在这种情形中成为一个特殊区域，充满原始神秘的恐怖，交织野蛮与优美。换言之，地方人与物，由外面人眼光中看来，俱不可解。造成这种印象的，最先自然是过去游宦的外来人，一瞥而过，做成的荒唐记载。其次便是到过湘西来做官做吏，因贪污搜刮不遂，或因贪污搜刮过多，吃过地方人的苦头这种人的传说。因为大家都不真正明白湘西，所以在长沙临时大学任教，谈文化史的陈序经教授，在一篇讨论研究西南文化的文章里，说及湖南苗民时，就说，"八十年前湖南还常有苗患，然而湖南苗民在今日已不容易找出来。"（见《新动向》二期。）陈先生是随同西南联合大学在长沙住过好几个月的，既不知道湘西还有几县地方，苗民事实上还占全县人口比例到三分之二以上，更不注意湘主席何键的去职，荣升内政部长，就是苗民"反何"做成的。一个"专家"对于湘西尚如此生疏隔膜，别的人就可想而知了。

本文的写作，和一般游记通讯稍微不同。作者是本地人，可谈的问题当然极多，譬如矿产、农村、教育、军事一切大问题，然而这些问题，这时节不是谈它的时节。现在仅就一个旅行者沿湘黔公路所见，下车时容易触目，住下时容易发生关系，谈天时容易引起辩论，开发投资时有选择余地，这一类琐细小事，分别写点出来，作为关心湘西各种问题或对湘西还有兴味的过路人一份"土仪"。如能对于旅行者和寄居者减少一点不必有的忧虑，补充一点不可免的好奇心，此外更能给他一点常识——对于旅行者到湘西来安全和快乐应当需要的常识，或一点同情，对这个边鄙之地值得给予的同情，就可说是已经达到拿笔的目的了。

一个外省人想由公路乘车入滇，总得在长沙候车，多多少少等些日子。长沙人的说话，以善于扩大印象描绘见长，对于湘西的印象，不外把经验或传闻复述一次。杀人放火，执枪弄刀，知识简陋，地方神秘，如此或如彼，叙说得一定有声有色。看看公路局的记名簿，轮到某某号某人买票上车了，于是这个客人担着一份忧虑，怀藏一点好奇心，由长沙上车，一离城区就得过渡，待渡时，对长沙留下的印象，在饮食方面必然是在大圆桌上的大盘、大碗、大调羹和大筷子。私人住宅门墙上园庐名称字样大，商店铺子门面招牌也异常大，东东西西都大——正好像一切东西都在战事中膨胀放大了，凡事不能例外，所以购买杂物时，做生意人的脾气也特别大（尤其是洋货铺对于探头探脑想买点什么的乡下人，邮局的办事员对于普通市民……）。为一点点小事大吵大骂，到处可见。

也许天时阴雨太多了一点，发扬的民族性与古怪的天气相冲突，结果便表现于这些触目可见的问题上。长沙出名的是湘绣，湘绣中合乎实用的是被面，每件定价六十四元到一百二十元，事实上给他十五元，交易就办好了。虚价之大也是别地方少有的。在人事方面，却各凭机会各碰运气，或满意，或失望。最容易放在心上的，必然是前主席一筹防空捐，六百万元，毫不费力即可收齐，说明湖南并不十分穷。现主席拟用五万年轻学生改造地方政治，证明湖南学生相当多。地方气候虽如汉朝贾谊所说，卑湿多雨，人物如屈原所咏，臭草与香花杂植，无论如何总会给人一种活泼兴旺印象。市面活泼也许是装潢的，政治铺排也许是有意为之的，然而地方绝不是死气沉沉的。时代若流行标语口号，它的标语口号会比别的地方大得多，响亮得多，前进得多。（北伐后马日事变前可以作例。）时代若略略向回头路走，中国老迷信有露面机会，那么，和尚、道士、同善社、佛学会，无不生意兴隆，号召广大。（清党后，唐生智手下三十万官兵，一律在短短几天中就忽然"佛化"，可以作例。）过路人只要肯留心一看，就可到处看出夸张，这点夸张纵与地方真实进步无关，与市面繁荣可大有关系。长沙是个并未完全工业化的半老都城，然而某几种手工业，如刺绣、鞭炮、雨散夏布，不特可供给本省需要，还可向外埠或南洋夺取市场。矿产与桐油木材，更增加本省的财富与购买力。所以外来丝织品、毛织品及别的奢侈品，也可在省会上得到广大的出路。民气既发扬，政治上负责的只要肯办事，会办事，什么事都办得通。目前它在动，在变，在发展，人和物无不如此。

汽车过河后，长沙和旅行者离远了。爆竹声，吵骂声，交通器具形成的嘈杂声，慢慢地在耳根边消失了。汽车上了些山，转了些弯，窗外光景换了新样子。且还继续时时在变换。平田角一栋房子，小山头三五株树，干净洒脱处，一个学中国画的旅客当可会心于"新安派"的画上去。旅行者会觉得车是向湘西走去，向那个野蛮而神秘，有奇花异草与野人神话的地方走去，添上一份奇异的感觉，杂糅愉快与惊奇。且一定以为这里将如此如此，那里必如此如此。可是这种担心显然是白费的，估计是不足信的。因为益阳和宁乡，给过路人的印象都不是旅行者所预料得到的。公路坦平而宽阔，有些地方可并行四辆卡车，经雨后路面依然很好。路旁树木都整齐如剪。两旁田亩如一块块不同绿色毯子，形色爽人心目。小山头全种的是马尾松和茶树栎树，著名的松菌、茶油和白炭，就出于这些树木。如上路适当三月里，还到处可见赤如火焰的杜鹃花，在斜风细雨里听杜鹃鸟在山谷里啼唤！有人家处多丛竹绕屋，竹竿带斑的，起云的，紫黑的，中节忽然涨大的，北方人当作宝贝的各种竹科植物，原来这地方乡下小孩子正拿它来赶猪赶鸭子。小孩子眼睛光亮，聪明活泼，驯善柔和处，会引起旅行者的疑心：这些小东西长大时就会杀人放蛊？或者不免有点失望，因为一切人和物都与想象中的湘西的野蛮光景不大相称。或者又觉得十分满意，因为一切和江浙平原相差不多，表现的是富足、安适，无往不宜。

可是慢慢地看吧。对湘西断语下得太早了一点不相宜。我们应当把武陵以上称为湘西，它的个性特性方能见出。由长沙到武陵，还得坐车大半天！也许车辆应当在那个地方休息，让我们在车站旁小旅馆放下行李，过河先看看武陵，一个辞章上最熟习的名称。

▣ 常德的船

　　常德就是武陵，陶潜的《搜神后记》上《桃花源记》说的渔人老家，应当摆在这个地方。德山在对河下游，离城市二十余里，可说是当地唯一的山。汽车也许停德山站，也许停县城对河另一站。汽车不必过河，车上人却不妨过河，看看这个城市的一切。地理书上告给人说这里是湘西一个大码头，是交换出口货与入口货的地方。桐油、木料、牛皮、猪肠子和猪鬃毛，烟草和水银，五倍子和鸦片烟，由川东、黔东、湘西各地用各色各样的船只装载到来，这些东西全得由这里转口，再运往长沙武汉的。子盐、花纱、布匹、洋货、煤油、药品、面粉、白糖，以及各种轻工业日用消耗品和必需品，又由下江轮驳运到，也得从这里改装，再用那些大小不一的船只，分别运往沅水各支流上游大小码头去卸货的。市上多的是各种庄号。各种庄号上的坐庄人，便在这种情形下成天如一个磨盘，一种机械，为职务来回忙。邮政局的包裹处，这种人进出最多。长途电话的营业处，这种坐庄人是最大主顾。酒席馆和妓女的生意，靠这种坐庄人来维持。

　　除了这种繁荣市面的商人，此外便是一些寄生于湖田的小地主，做过知县的小绅士，各县来的男女中学生，以及外省来的参加这个市面繁荣的掌柜、伙计、乌龟、王八。全市人口过十万，街道延长近十里，一个过路人到了这个城市中时，便会明白这个湘西的咽喉，真如所传闻，地方并不小。可是却想不到这咽喉除吐纳货物和原料以外，还有些什么东西。做这种吐纳工作，责任大，工作忙，性质杂，又是些什么人。假若一旦没有了他们，这城市会不会忽然成为河边一个废墟？这种人照例触目可见，水上城里无一不可碰头，却又最容易为旅行者所疏忽。我想说的是真正在控制这个咽喉，支配沅水流域的几万船户。

这个码头真正值得注意令人惊奇处，实也无过于船户和他所操纵的水上工具了。要认识湘西，不能不对他们先有一种认识。要欣赏湘西地方民族特殊性，船户是最有价值材料之一种。

一个旅行者理想中的武陵，渔船应当极多。到了这里一看，才知道水面各处是船只，可是却很不容易发现一只渔船。长河两岸浮泊的大小船只，外行人一眼看去，只觉得大同小异，事实上形制复杂不一，各有个性，代表了各个地方的个性。让我们从这方面来多知道一点，对于我们也许有些便利处。

船只最触目的三桅大方头船，这是个外来客，由长江越湖来的，运盐是它主要的职务。它大多数只到此为止，不会向沅水上游走去。普通人叫它作"盐船"，名实相符。船家叫它作"大鳅鱼头"，《金陀粹编》上载岳飞在洞庭湖水擒杨幺的故事，这名字就见于记载了，名字虽俗，来源却很古。这种船只大多数是用乌油漆过，所以颜色多是黑的。这种船按季候行驶，因为要大水大风方能行动。杜甫诗上描绘的"洋洋万斛船，影若扬白虹"，也许指的就是这种水上东西。

比这种盐船略小，有两桅或单桅，船身异常秀气，头尾突然收敛，令人入目起尖锐印象，全身是黑的，名叫"乌江子"。它的特长是不怕风浪，运粮食越湖。它是洞庭湖上的竞走选手。形体结构上的特点是桅高，帆大，深舱，锐头。盖舱篷比船身小，因为船舷外还有护舱板，弄船人同船只本身一样，一看很干净，秀气斯文，行船既靠风，上下行都使帆，所以帆多整齐，船上用的水手不多，仅有的水手会拉篷，摇橹，撑篙，不会荡桨——这种船上便不常用桨。放空船时妇女还可代劳掌舵。这种船间或也沿河上溯，数目极少，船身材料薄，似不宜于冒险。这种船在沅水流域也算是外来客。

在沅水流域行驶，表现得富丽堂皇，气象不凡，可称为巨无霸的船只，应当数"洪江油船"。这种船多方头高尾，颜色鲜明，间或且有一点金漆装饰，尾梢有舵楼，可以安置家眷。大船下行可载三四千桶桐油，上行可载两千件棉花，或一票食盐。用橹手二十六人到四十人，用纤手三十人到六七十人，必待春水发后方上下行驶，路线系往返常德和洪江。每年水大至多上下三五回，其余大多时节都在休息中，成排结队停泊河面，俨然是河上的主人，船主照例是麻阳人，且照例姓滕，善交际，礼数清楚。常与大商号中人拜把子，攀亲家，行船时站在船后檀木舵把边，庄严中带点从容不迫神气，口中含了个竹马鞭短烟管，一面看水，一面吸烟。遇有身份的客人搭船，喝了一杯酒后，便向客人一五一十叙述这只油船的历史，载过多少有势力的军人、阔佬，或名驰沅水流域的妓女。换言之，就是这只船与当地"历史"发生多少关系！这种船只上的一切东西，无一不巨大坚实。船主的装束在船上时看不出什么特别处，上岸时却穿长袍（下脚过膝三四寸），罩青羽绫马褂，戴呢帽或小缎帽，佩小牛皮抱肚，用粗大银链系定，内中塞满了银元。穿生牛皮靴子，走路时踏得很重。个子高高的，瘦瘦的。有一双大手，手上满是黄毛和青筋。会喝酒，打牌，且豪爽大方，吃花酒应酬时，大把银元钞票从抱肚掏出，毫不吝啬。水手多强壮勇敢，眉目精悍，善唱歌、泅水、打架、骂野话。下水时如一尾鱼，上岸接近妇人时像一只小公猪。白天弄船，晚上玩牌，同样做得极有兴致。船上人虽多，却各有所事，从不紊乱。舱面永远整洁如新。拔锚开头时，必擂鼓敲锣，在船头烧纸烧香，煮白肉祭神，燃放千子头鞭炮，表示人神和乐，共同帮忙，一路福星。在开船仪式与行船歌声中，使人想起两千年前《楚辞》发生的原因，现在还好好地保留下来，今古如一。

　　比洪江油船小些，形式仿佛比较笨拙些（一般船只用木板做成，这种船竟像用木柱做成），平头大尾，一望而知船身十分坚实，有斗拳师的神气，名叫"白河船"。白河即酉水的别名。这种船只即行驶于沅水由常德到沅陵一段，酉水由沅陵到保靖一段。酉水滩流极险，船只必经得起磕撞。船只必载重方能压浪，因此尾部如臀，大而圆。下行时在船头缚大木桡一两把。木桡的用处是船只下滩，转头时比舵切于实际。照水上人俗谚说："三桨不如一篙，三橹不如一桡。"桡读作招。[1]酉水浅而急，不常用橹，篙桨用处多，因此篙多特别长大，桨较粗硕，肥而短。船篷用粽子叶编成，不涂油。船主多永顺保靖人，姓向姓王姓彭占多数。酉水河床窄，滩流多，为应付自然，弄船人所需要的勇敢能耐也较多。行船时常用相互诅骂代替共同唱歌，为的是受自然限制较多，脾气比较坏一点。酉水是传说中古代藏书洞穴所在地，多的是高大宏敞充满神秘的洞穴。由沅陵起到酉阳止，沿酉水流域的每个县份总有几个洞穴。可是如沅陵的大酉洞，二酉洞，保靖的狮子洞，酉阳的龙洞，这些洞穴纵有书籍也早已腐烂了。到如今这条河流最多的书应当是宝庆纸客贩卖的石印本历书，每一条船上照例都有一本"皇历"。船家禁忌多，历书是他们行动的宝贝。河水既容易出事情，个人想减轻责任，因此凡事都俨然有天做主，由天处理，照书行事，比较心安，也少纠纷，船只出事时有所借口。酉水流域每个县份的船只，在形式上又各不相同，不过这些船不出白河，在常德能看到的白河油船，形体差不多全是一样。

沅水中部的辰溪县，出白石灰和黑煤，运载这两种东西的本地船叫作"辰溪船"，又名"广舶子"。它的特点和上述两种船只比较起来，显得材料脆薄而缺少个性。船身多是浅黑色，形状如土布机上的梭子，款式都不怎么高明。下行多满载一些不值钱的货，上行因无回头货便时常放空。船身脏，所运货又少时间性，满载下驶，危险性多，搭客不欢迎，因之弄船人对于清洁、时间就不甚关心。这种船上

---

[1] "桡"现在一般读作"ráo"。

的席篷照例是不大完整的，布帆是破破碎碎的，给人印象如一个破落户。弄船人因闲而懒，精神多显得萎靡不振。

洞河（即泸溪）发源于乾城苗乡大小龙洞，和凤凰苗乡乌巢河，两条小河在乾城县的所里市相汇。向东流，到泸溪县，方和沅水同流，在这条河里的船就叫"洞河船"，河源主流由苗乡梨林地方两个洞穴中流出，河床是乱石底子，所以水特别清，水性特别猛。船身必须从撞磕中挣扎，河身既小，船身也比较轻巧。船舷低而平，船头窄窄的。在这种船上水手中，我们可以发现苗人。不过见着他时我们不会对他有何惊奇，他也不会对我们有何惊奇。这种人一切和别的水上人都差不多，所不同处，不过是他那点老实、忠厚、纯朴、戆直性情——原人的性情，因为住在山中，比城市人保存得多点罢了。乾城人极聪明文雅，小手小脚小身材，唱山歌时嗓子非常好听，到码头边时，可特别沉默安静。船只太小了，不常有机会到这大码头边靠船。这种船停泊在河面时似乎很羞怯，正如水手们上街时一样羞怯。

乾城用所里作本县吐纳货物的水码头。地方虽不大，小小石头城却很整齐干净，且出了几个近三十年来历史上有名姓的人物。段祺瑞时代的陆军总长傅良佐将军，是生长在这个小县城里的。东北军宿将，国内当前军人中称战术权威的杨安铭将军，也是这地方人。

在河上显得极活动，极有生气，而且数量极多的，是普通的中型"麻阳船"。这种船头尾高举，秀拔而灵便。这种船只的出处是麻阳河（即辰溪）。每只船上都可见到妇人、孩子、童养媳。弄船人一面担负商人委托的事务，一面还担负上帝派定的工作，两方面都异常称职。沅水流域的转运事业，大多数由这地方人支配，人口繁荣的结果，且因此在常德城外多了一条麻阳街。"一切成功都必须争斗"，这原则也可用作麻阳街的说明。据传说，这条街是个姓滕的水手滕老九双拳打出来的。我们若有兴趣特意到那条街上走走，可知道开小铺子的，做理发店生意的，卖船上家伙的，经营不用本钱最古职业的，全是麻阳乡亲，我们就会明白，原来参加这种争斗，每人都有一份。麻阳人的精力绝伦处，或者与地方出产有点关系，麻阳出各种橘子，糯米也极好，做甜酒特别相宜。人口加多，船只也越来越多，因此沅水水面的世界，一大半是麻阳人占有的。大凡船只停靠处，都有叫乡亲的麻阳人，乡亲所得的便利极多，平常外乡人，坐船时于是都叫麻阳人作"乡亲"。乡亲的特别是面目精悍而性情快乐，做水手的都能吃，能做，能喝，能打架。船主上岸时必装扮成为一个小乡绅，如驾洪江油船的大老板一样穿袍穿褂，着生牛皮盘云长筒钉靴，戴有皮封耳的毡帽或博士帽，手指套上分量沉重金戒指，皮抱肚里装上许多大洋钱，短烟管上悬个老虎爪子，一端还镶包一片镂花银皮。见人就请教仙乡何处，贵府贵姓。本人大多数姓滕，名字"代富""宜贵"。对三十年来的本省政治，比起任何地方船主都熟习，都关心。欢喜讲礼教，臧否人物，且善于称引经典格言和当地俗谚，作为谈天时章本。恭维客人时必从恭维上增多一点收入，被客人恭维时便称客人为"知己"，笑嘻嘻地请客人喝包谷子酒。妇女在船上不特对于行船毫无妨碍，且常常是一个好帮手。

妇女多壮实能干，大脚大手，善于生男育女。

麻阳人中另外还有一双值得称赞的手，在湘西近百年实无匹敌，在国内也是一个少见的艺术家，是塑像师张秋潭那双手，小件艺术品多在烟盘边靠灯时用烟签完成的，无一不做得栩栩如生，至今还留下些在湘西私人手中。大件是各县庙宇天王观音等神像，辛亥以后破除迷信，毁去极多。

在常德水码头船只极小，漂浮水面如一片叶子，数量之多如淡干鱼，是专载客人用的"桃源划子"。木商与烟贩，上下办货的庄客，过路的公务员，放假的男女学生，同是这种小船的主顾。船身既轻小，上下行的速度较之其他船只快过一倍，下滩时可从边上小急流走，绝不会出事。在平潭中且可日夜赶程，不会受关卡留难。因此在有公路以前，这种小小船只实为沅水流域交通利器。弄船人工作不需如何紧张，开销又少，收入却较多。装载客人且多阔佬，同时桃源县人的性格又特别随和（沅水一到桃源后就变成一片平潭，再无恶滩急流，自然影响到水上人性情很大），所以弄船人脾气就马虎得多，很多是瘾君子，白天弄船，晚上便靠灯。有些家中人说不定还留在县里，经营一种不必需本钱的职业，分工合作，都不闲散。且能做客人向导，带访桃源洞的客人到所要到的新奇地方去。

在沅水流域上下行驶，停泊到常德码头应当称为"客人"的船只，共有好几种，有从芷江上游黔东玉屏来的，有从麻阳河上游黔东铜仁来的，有从白河上游川东龙潭来的。玉屏船多就洪江转口，下行不多。龙潭船多从沅陵换货，下行不多。铜仁船装油碱下行的，有些庄号在常德，所以常直放常德。船只最引人注意处是颜色黄明照眼，式样轻巧，如竞赛用船。船头船尾细狭而向上翘举，舱底平浅，材料脆薄，给人视觉上感到灵便与愉快，在形式上可谓秀雅绝伦。弄船人，语言清婉，装束素朴，有些水手还穿齐膝的长衣，裹白头巾，风度整洁和船身极相称。船小而载重，故下行时船舷必缚茅束挡水。这种船停泊河中，仿佛极其谦虚，一种做客应有的谦虚。然而比同样大小的船只都整齐，一种做客不能不注意的整齐。

此外常德河面还有一种船只，数量极多，有的时常移动，有的又长久停泊。这些船的形式一律是方头，方尾，无桅，无舵。用木板做舱壁，开小小窗子，木板做顶。有些当作船主的金屋，有些又做遁逃者的窟穴。船上有招纳水手客人的本地土娼，有卖烟和糖食、小吃、猪蹄子粉面的生意人。此外算命卖卜的，圆光关亡的，无不可以从这种船上发现。船家做寿成亲，也多就方便借这种水上公馆举行，因此一遇黄道吉日，总是些张灯结彩，响器声，弦索声，大小炮仗声，划拳歌呼声，点缀水面热闹。

常德乡城本身也就类乎一只旱船，女作家丁玲，法律家戴修瓒，国学家余嘉锡，是这只旱船上长大的。较上游的河堤比城中高得多，涨水时水就到了城边，决堤时城四围便是水了。常德沿河的长街，街市上大小各种商铺不下数千家，都与水手有直接关系。杂货店铺专卖船上用件及零用物，可说是它们全为水手而预备的。至如油盐、花纱、牛皮、烟草等等庄号，也可说水手是为它们而有的。此外如茶馆、酒馆和那经营最素朴职业的户口，水手没有它不成，它没水手更不成。

常德城内一条长街，铺子门面都很高大（与长沙铺子大同小异，近于夸张），木料不值钱，与当地建筑大有关系。地方滨湖，河堤另一面多平田泽地，产鱼虾、莲藕，因此鱼栈莲子栈延长了长街数里。多清真教门，因此牛肉特别肥鲜。

常德沿沅水上行九十里，才到桃源县，再上行二十五里，方到桃源洞。千年前武陵渔人如何沿溪走到桃花源，这路线尚无好事的考古家说起。现在想到桃源访古的"风雅人"，大多数只好坐公共汽车去。在桃源县想看到老幼黄发垂髫，怡然自乐的光景，并不容易。不过或者因为历史的传统，地方人倒很和气，保存一点古风。也知道欢迎客人，杀鸡做黍，留客住宿。虽然多少得花点钱，数目并不多。可是一个旅行者应当知道，这些人赠送游客的礼物，有时不知不觉太重了点，最好倒是别大意，莫好奇，更不要因为记起宋玉所赋的高唐神女，刘晨阮肇天台所遇的仙女，想从经验中去证实故事。不妨学个老江湖，少生事！当地纵多神女仙女，可并不是为外来读书人游客预备的，沅水流域的木竹筏商人是唯一受欢迎者。好些极大的木竹筏，到桃源后不久就无影无踪不见了的。

政治家宋教仁，老革命党覃振，同是桃源县人。桃源县有个省立第二女子师范学校，五四运动谈男女解放平等，最先要求男女同校，且实现它，就是这个学校的女学生。

◻ 沅陵的人

由常德到沅陵，一个旅行者在车上的感触，可以想象得到，第一是公路上并无苗人，第二是公路上很少听说发现土匪。

公路在山上与山谷中盘旋转折虽多，路面却修理得异常良好，不问晴雨都无妨车行。公路上的行车安全的设计，可看出负责者的最大努力。旅行的很容易忘了车行的危险，乐于赞叹自然风物的美秀。在自然景致中见出宋院画的神采奕奕处，是太平铺过河时入目的光景。溪流萦回，水清而浅，在大石细沙间漱流。群峰竞秀，积翠凝蓝，在细雨中或阳光下看来，颜色真无可形容。山脚下一带树林，一些俨如有意为之布局恰到好处的小小房子，绕河洲树林边一湾溪水，一道长桥，一片烟。香草山花，随手可以掇拾。《楚辞》中的山鬼，云中君，仿佛如在眼前。上官庄的长山头时，一个山接一个山，转折频繁处，神经质的妇女与懦弱无能的男子，会不免觉得头目晕眩。一个常态的男子，便必然对于自然的雄伟表示赞叹，对于数年前裹粮负水来在这高山峻岭修路的壮丁表示敬仰和感谢。这是一群默默无闻沉默不语真正的战士！每一寸路都是他们流汗筑成的。他们有的从百里以外小乡村赶来，沉沉默默地在派定地方担土，打石头，三五十人弓着腰肩共同拉着个大石滚子碾轧路面，淋雨，挨饿，忍受各式各样虐待，完成了分派到头上的工作。把路修好了，眼看许多的各色各样稀奇古怪的物件吼着叫着走过了，这些可爱的乡下人，知道事情业已办完，笑笑的，各自又回转到那个想象不到的小乡村里过日子去了。中国几年来一点点建设基础，就是这种无名英雄做成的。他们什么都不知道，可是所完成的工作却十分伟大。

单从这条公路的坚实和危险工程看来，就可知道湘西的民众，是可以为国家完成任何伟大理想的。只要领导有人，交付他们更困难的工作，也可望办得很好。

看看沿路山坡桐茶树木那么多，桐茶山整理得那么完美，我们且会明白这个地方的人民，即或无人领导，关于求生技术，各凭经验在不断努力中，也可望把地面征服，使生产增加。

只要在上的不过分苛索他们，鱼肉他们，这种勤俭耐劳的人民，就不至于铤而走险发生问题。可是若到任何一个停车处，试同附近乡民谈谈，我们就知道那个"过去"是种什么情形了。任何捐税，乡下人都有一份，保甲在糟蹋乡下人这方面的努力，"成绩"真极可观！然而促成他们努力的动机，却是照习惯把所得缴一半，留一半。然而负责的注意到这个问题时，就说"这是保甲的罪过"，从不认为是"当政的耻辱"。负责者既不知如何负责，因此使地方进步永远成为一种空洞的理想。

然而这一切都不妨说已经成为过去了。

车到了官庄交车处，一列等候过山的车辆，静静地停在那路旁空阔处，说明这公路行车秩序上的不苟。虽在军事状态中，军用车依然受公路规程辖制，不能占先通过，此来彼往，秩序井然，这条公路的修造与管理统由一个姓周的工程师负责。

车到了沅陵，引起我们注意处，是车站边挑的，抬的，负荷的，推挽的，全是女子。凡其他地方男子所能做的劳役，在这地方统由女子来做。公民劳动服务也还是这种女人，公路车站的修成，就有不少女子参加。工作既敏捷，又能干。女权运动者在中国二十年来的运动，到如今在社会上露面时，还是得用"夫人"名义来号召，并不以为可羞。而且大家都集中在大都市，过着一种腐败生活。比较起这种女劳动者把流汗和吃饭打成一片的情形，不由得我们不对这种人充满尊敬与同情。

这种人并不因为终日劳作就忘记自己是个妇女，女子爱美的天性依然还好好保存。胸口前的扣花装饰，裤脚边的扣花装饰，是劳动得闲在茶油灯光下做成的。（围裙扣花工作之精和设计之巧，外路人一见无有不交口称赞。）这种妇女日常工作虽不轻松，衣衫却整齐清洁。有的年纪已过了四十岁，还与同伴竞争兜揽生意。两角钱就为客人把行李背到河边渡船上，跟随过渡，到达彼岸，再为背到落脚处。外来人到河码头渡船边时，不免十分惊讶，好一片水！好一座小小山城！尤其是那一排渡船，船上的水手，一眼看去，几乎又全是女子，过了河，进得城门，向长街走走，就可见到卖菜的，卖米的，开铺子的，做银匠的，无一不是女子。再没有另一个地方女子对于参加各种事业各种生活，做得那么普通那么自然了。看到这种情形时，真不免令人发生疑问：一切事几几乎都由女子来办，如《镜花缘》一书上的女儿国现象了。本地的男子，是出去打仗，还是在家纳福看孩子？

不过一个旅行者自觉已经来到辰州时，兴味或不在这些平常问题上。辰州地方是以辰州符闻名的，辰州符的传说奇迹中又以赶尸著闻。公路在沅水南岸，过北岸城里去，自然盼望有机会弄明白一下这种老玩意儿。

可是旅行者这点好奇心会受打击。多数当地人对于辰州符都莫名其妙，且毫无兴趣，也不怎么相信。或许无意中会碰着一个"大"人物，体魄大，声音大，气派也好像很大。他不是姓张，就是姓李（他应当姓李！一个典型市侩，在商会任职，以善于吹拍混入行署任名誉参议），会告你，辰州符的灵迹，就是用刀把一只鸡颈脖割断，把它重新接上，喷一口符水，向地下抛去，这只鸡即刻就会跑去，撒一把米到地上，这只鸡还居然赶回来吃米！你问他："这事曾亲眼见过吗？"他一定说："当真是眼见的事。"或许慢慢地想一想，你便也会觉得同样是在什么地方亲眼见过这件事了。原来五十年前的什么书上，就这么说过的。这个大人物是当地著名会说大话的。世界上事什么都好像知道得清清楚楚，只不大知道自己说话是假的还是真的，是书上有的还是自己造作的。多数本地人对于"辰州符"是个什么东西，照例都不大明白的。

对于赶尸传说呢，说来实在动人。凡受了点新教育，血里骨里还浸透原人迷信的外来新绅士，想满足自己的荒唐幻想，到这个地方来时，总有机会温习一下这种传说。绅士、学生、旅馆中人，俨然因为生在当地，便负了一种不可避免的义务，又如为一种天赋的幽默同情心所激发，总要把它的神奇处重述一番。或说朋友亲戚曾亲眼见过这种事情，或说曾有谁被赶回来。其实他依然和客人一样，并不明白，也不相信，客人不提起，他是从不注意这个问题的。客人想"研究"它（我们想象得出，有许多人最乐于研究它的），最好还是看《奇门遁甲》，这部书或者对他有一点帮助，本地人可不会给他多少帮助。本地人虽乐于答复这一类傻不可言的问题，却不能说明这事情的真实性。就中有个"有道之士"，姓阙，当地人统称之为阙五老，年纪将近六十岁，谈天时精神犹如一个小孩子。据说十五岁时就远走云贵，跟名师学习过这门法术。作法时口诀并不稀奇，不过是念文天祥的《正气歌》罢了。死人能走动便受这种歌词的影响。辰州符主要的工具是一碗水；这个有道之士家中神主前便陈列了那么一碗水，据说已经有了三十五年，碗里水减少时就加添一点。一切病痛统由这一碗水解决。一个死尸的行动，也得用水迎面地一喷。这水且能由昏浊与沸腾表示预兆，有人需要帮忙或卜家事吉凶的预兆，登门造访者若是一个读书人，一个假洋人教授，他把这一碗水的妙用形容得将更惊心动魄。使他舌底翻莲的原因，或者是他自己十分寂寞，或者是对于客人具有天赋同情，所以常常把书上没有的也说到了。客人要老老实实发问："五老，那你看过这种事了？"他必装作很认真神气说："当然的。我还亲自赶过！那是我一个亲戚，在云南做官，死在任上，赶回湖南，每天为死者换新草鞋一双，到得湖南时，死人脚趾头全走脱了。只是功夫不练就不灵，早丢下了。"至于为什么把它丢下，可不说明。客人目的在"表演"，主人用意在"故神其说"，末后自然不免使客人失望。不过知道了这玩意儿是读《正气歌》做口诀，同儒家居然大有关系时，也不无所得。关于赶尸的传说，这位有道之士可谓集其大成，所以值得找方便去拜访一次。他的住处在上西关，一问即可知道。可是一个读书人也许从那有道之士伏尔泰风格的微笑，伏尔泰风格的言谈，会看出另外一种无声音的调笑，"你外来的书呆子，世界上事你知道许多，可是书本不说，另外还有许多就不知道了。用《正气歌》赶走了死尸，你充满好奇的关心，你这个活人，是被什么邪气歌赶到我这里来？"那时他也许正坐在他的杂货铺里面（他是隐于医与商的），忽然用手指着街上一个长头发的男子说："看，疯子！"那真是个疯子，沅陵地方唯一的疯子，可是他的语气也许指的是你拜访者。你自己试想想看，为了一种流行多年的荒唐传说，充满了好奇心来拜访一个透熟人生的人，问他死了的人用什么方法赶上路，你用意说不定还想拜老师，学来好去外国赚钱出名，至少也弄得个哲学博士回国，再来用它骗中国学生，在他饱经世故的眼中，你和疯子的行径有多少不同！

这个人的言谈，倒真是一种杰作，三十年来当地的历史，在他记忆中保存得完完全全，说来时庄谐杂陈，实在值得一听。尤其是对于当地人事所下批评，尖锐透入，令人不由得不想起法国那个伏尔泰。

至于辰砂的出处，出产于离辰州地还远得很，远在三百里外凤凰县的苗乡猴子坪。

凡到过沅陵的人，在好奇心失望后，依然可从自然风物的秀美上得到补偿。由沅陵南岸看北岸山城，房屋接瓦连椽，较高处露出雉堞，沿山围绕，丛树点缀其间，风光入眼，实在俗气。由北岸向南望，则河边小山间，竹园、树木、庙宇、高塔、民居，仿佛各个都位置在最适当处。山后较远处群峰罗列，如屏如障，烟云变幻，颜色积翠堆蓝。早晚相对，令人想象其中必有帝子天神，驾螭乘霓，驰骤其间。绕城长河，每年三四月春水发后，洪江油船颜色鲜明，在摇橹歌呼中联翩下驶。长方形大木筏，数十精壮汉子，各踞筏上一角，举桡激水，乘流而下。就中最令人感动处，是小船半渡，游目四瞩，俨然四围是山，山外重山，一切如画。水深流速，弄船女子，腰腿劲健，胆大心平，危立船头，视若无事。同一渡船，大多数都是妇人，划船的是妇女，过渡的也是妇女较多。有些卖柴卖炭的，来回跑五六十里路，上城卖一担柴，换两斤盐，或带回一点红绿纸张同竹篾做成的简陋船只，小小香烛，问她时，就会笑笑地回答："拿回家去做土地会。"你或许不明白土地会的意义，事实上就是酬谢《楚辞》中提到的那种云中君——山鬼。这些女子一看都那么和善，那么朴素，年纪四十以下的，无一不在胸前土蓝布或葱绿布围裙上绣上一片花，且差不多每个人都是别出心裁，把它处置得十分美观，不拘写实或抽象的花朵，总那么妥帖而雅相。在轻烟细雨里，一个外来人眼见到这种情形，必不免在赞美中轻轻叹息。天时常常是那么把山和水和人都笼罩在一种似雨似雾使人微感凄凉的情调里，然而却无处不可以见出"生命"在这个地方有光辉的那一面。

外来客自然会有个疑问发生：这地方一切事业女人都有份，而且像只有"两截穿衣"的女子有份，男子到哪里去了呢？

在长街上，我们固然时常可以见到一对少年夫妻，女的眉毛俊秀，鼻准完美，穿浅蓝布衣，用手指粗银链系扣花围裙，背小竹笼。男的身长而瘦，英武爽朗，肩上扛了各种野兽皮向商人兜卖，令人一见十分惊诧。可是这种男子是特殊的。是出了钱，得到免役的瑶族。

男子大部分都当兵去了。因兵役法的缺陷，和执行兵役法的中间层保甲制度人选不完善，逃避兵役的也多，这些壮丁抛下他的耕牛，向山中走，就去当匪，匪多的原因，外来官吏苛索实为主因。乡下人照例都愿意好好活下去，官吏的老式方法居多是不让他们那么好好活下去。乡下人照例一人兵营就成为一个好战士，可是办兵役的，却觉得如果人人都乐于应兵役，就毫无利益可图。土匪多时，当局另外派大部队伍来"维持治安"，守在几个城区，别的不再过问。分布乡下土匪得了相当武器后，在报复情绪下就是对公务员特别不客气，凡搜刮过多的外来人，一落到他们手里时，必然是先将所有的得到，再来取那个"命"。许多人对于湘西民或匪都留下一个特别蛮悍嗜杀的印象，就由这种教训而来。许多人说湘西有匪，许多人在湘西虽遇匪，却从不曾遭遇过一次抢劫，就是这个原因。

　　一个旅行者若想起公路就是这种蛮悍不驯的山民或土匪，在烈日和风雪中努力做成的，乘了新式公共汽车由这条公路经过，既感觉公路工程的伟大结实，到得沅陵时，更随处可见妇人如何认真称职，用劳力讨生活，而对于自然所给的印象，又如此秀美，不免感慨系之。这地方神秘处原来在此而不在彼。人民如此可用，景物如此美好，三十年来牧民者来来去去，新陈代谢，不知多少，除认为"蛮悍"外，竟别无发现。外来为官做宦的，回籍时至多也只有把当地久已消灭无余的各种画符捉鬼荒唐不经的传说，在茶余酒后向陌生者一谈。地方真正好处不会欣赏，坏处不能明白，这岂不是湘西的另一种神秘？

　　沅陵算是个湘西受外来影响较久较大的地方，城区教会的势力，造成一批吃教饭的人物，蛮悍性情因之消失无余，代替而来的或许是一点青年会办事人的习气。沅陵又是沅水几个支流货物转口处，商人势力较大，以利为归的习惯，也自然很影响到一些人的打算行为。沅陵位置在沅水流域中部，就地形言，自为内战时代必争之地。因此麻阳县的水手，一部分登陆以后，便成为当地有势力的小贩。凤凰县屯垦子弟兵官佐，留下住家的，便成为当地有产业的客居者。慷慨好义，负气任侠，楚人中这类古典的热诚，若从当地人寻觅无着时，还可从这两个地方的男子中发现。一个外来人，在那山城中石板做成的一道长街上，会为一个矮小、瘦弱，眼睛又不明，听觉又不聪，走路时匆匆忙忙，说话时结结巴巴，那么一个平常人引起好奇心。说不定他那时正在大街头为人排难解纷！说不定他的行为正需要旁人排难解纷！他那样子就古怪，神气也古怪。一切像个乡下人，像个官能为嗜好与毒物所毁坏，心灵又十分平凡的人。可是应当找机会去同他熟一点，谈谈天。应当想办法更熟一点，跟他向家里走（他的家在一个山上。那房子是沅陵住户地位最好，花木最多的）。如此一来，结果你会接触一点很新奇的东西，一种混合古典热诚与近代理性在一个特殊环境特殊生活里培养成的心灵。你自然会"同情"他，可是最好倒是"信托"他。他需要的不是同情，因为他成天在同情他人，为他人设想帮忙尽义务，来不及接受他人的同情。他需要人信托，因为他那种古典的做人的态度，值得信托。同时他的性情充满了一种天真的爱好，他需要信托，为的是他值得信托。他的视觉同听觉都毁坏了，心和脑可极健全。凤凰屯垦兵子弟中出壮士，体力胆气两方面都不弱于人。这个矮小瘦弱的人物，虽出身世代武人的家庭中，因无力量征服他人，失去了做军人的资格。可是那点有遗传性的军人气概，却征服了他自己，统治自己，改造自己，成为沅陵县一个顶可爱的人。他的名字叫作"大先生"，或"大大"，一个古怪到家的称呼。商人、妓女、屠户、教会中的牧师和医生，都这样称呼他。到沅陵去的人，应当认识认识这位大先生。

沅陵县沿河下游四里路远近，河中心有个洲岛，周围高山四合，名"合掌洲"，名目与情景相称。洲上有座庙宇，名"和尚洲"，也还说得去。但本地的传说却以为是"和涨洲"，因为水涨河面宽，淹不着，为的是洲随河水起落！合掌洲有个白塔，由顶到根雷劈了一小片，本地人以为奇。并不足奇，河南岸村名黄草尾，人家多在橘柚林里，橘子树白华朱实，宜有小腰白齿于其间。一个种菜园的周家，生了四个女儿，最小的一个四妹，人都呼为夭妹，年纪十七岁，许了个成衣店学徒，尚未圆亲。成衣店学徒积蓄了整年工钱，打了一副金耳环给夭妹，女孩子就戴了这副金耳环，每天挑菜进东门城卖菜。因为性格好繁华，人长得风流俊俏，一个东门大街的人都知道卖菜的周家夭妹。

因此县里的机关中办事员，保安司令部的小军佐，和商店中小开，下黄草尾玩耍得就多起来了。但不成，肥水不落外人田，有了主子。可是"人怕出名猪怕壮"，夭夭的名声传出去了，水上划船人全都知道周家夭夭。去年（一九三七年）冬天一个夜里，忽然来了四百武装喽啰攻打沅陵县城，在城边响了一夜枪，到天明以前，无从进城，这一伙人依然退走了。这些人本来目的也许就只是在城外打一夜枪。其中一个带队的称团长，却带了兄弟伙到夭妹家里去拍门。进屋后别的不要，只把这女孩子带走。

女孩子虽又惊又怕，还是从容地说："你抢我，把我箱子也抢去，我才有衣服换！"

带到山里去时那团长问："夭夭，你要死，要活？"

女孩子想了想，轻声地说："要死。你不会让我死。"

团长笑了："那你意思是要活了！要活就嫁我，跟我走。我把你当官太太，为你杀猪杀羊请客，我不负你。"

女孩子看看团长，人物实在英俊标致，比成衣店学徒强多了，就说："人到什么地方都是吃饭，我跟你走。"

于是当天就杀了两个猪，十二只羊，一百对鸡鸭，大吃大喝大热闹，团长和夭妹结婚。女孩子问她的衣箱在什么地方，待把衣箱取来打开一看，原来全是预备陪嫁的！英雄美人，可谓美满姻缘。过三天后，那团长就派人送信给黄草尾种菜的周老夫妇，称岳父岳母，报告夭妹安好，不用挂念。信还是用红帖子写的，词句华而典，师爷的手笔。还同时送来一批礼物！老夫妇无话可说，只苦了成衣店那个学徒，坐在东门大街一家铺子里，一面裁布条子做纽绊，一面垂泪。

这也可说是沅陵县人物之一型。

至于住城中的几个年高有德的老绅士，那倒正像湘西许多县城里的正经绅士一样，在当地是很闻名的，庙宇里照例有这种名人写的屏条，名胜地方照例有他们题的诗词。儿女多受过良好教育，在外做事。家中种植花木，蓄养金鱼和雀鸟，门庭规矩也很好。与地方关系，却多如显克微支在他《炭画》那本书里所说的贵族，凡事取"不干涉主义"。因为名气大，许多不相干的捐款，不相干的公事，不相干的麻烦不会上门，乐得在家纳福，不求闻达，所以也不用有什么表现。对于生活劳苦认真，既不如车站边负重妇女生命活跃，也不如卖菜的周家夭妹，然而日子还是过得很好，这就够了。

由沅水下行百十里到沅陵属边境地名柳林岔——就是湘西出产金子，风景又极美丽的柳林岔。那地方过去一时也有个人，很有意思。这个人据说母亲貌美而守寡，住在柳林岔镇上，对河高山上有个庙，庙中住下一个青年和尚，诚心苦修。寡妇因爱慕和尚，每天必借烧香为名去看看和尚，二十年如一日。和尚诚心修苦，不作理会，也同样二十年如一日。儿子长大后，慢慢地知道了这件事。儿子知道后，不敢规劝母亲，也不能责怪和尚，唯恐母亲年老眼花，一不小心，就会坠入深水中淹死。又见庙宇在一个圆形峰顶，攀缘实在不容易。因此特意雇定一百石工，在临河悬岩上开辟一条小路，仅可容足，更找一百铁工，制就一条粗而长的铁链索，固定在上面，作为援手工具。又在两山间造一拱石头桥，上山顶庙里时就可省一大半路。这些工作进行时自己还参加，直到完成。各事完成以后，这男子就出远门走了，一去再也不回来了。

这座庙，这个桥，濒河的黛色悬崖上这条人工凿就的古怪道路，路旁的粗大铁链，都好好地保存在那里，可以为过路人见到。凡上行船的纤手，还必须从这条路把船拉上滩。船上人都知道这个故事。故事虽还有另一种说法，以为一切是寡妇所修的，为的是这寡妇……总之，这是一个平常人为满足他的某种愿心而完成的伟大工程。这个人早已死了，却活在所有水上人的记忆里。传说和当地景色极和谐，美丽而微带忧郁。

沅水由沅陵下行三十里后即滩水连接，白溶、九溪、横石、青浪……就中以青浪滩最长，石头最多，水流最猛。顺流而下时，四十里水路不过二十分钟可完事，上行船有时得一整天。

青浪滩滩脚有个大庙，名伏波宫，敬奉的是汉老将马援。行船人到此必在庙里烧纸献牲。庙宇无特点，不出奇。庙中屋角树梢栖息的红嘴红脚小小乌鸦，成千累万，遇下行船必飞往接船送船，船上人把饭食糕饼向空中抛去，这些小黑鸟就在空中接着，把它吃了。上行船可照例不光顾。虽上下船只极多，这小东西知道向什么船可发利市，什么船不打抽丰。船夫说这是马援的神兵，为迎接船只的神兵，照老规矩，凡伤害的必赔一大小相等银乌鸦，因此从不会有人敢伤害它。

几件事都是人的事情。与人生活不可分，却又杂糅神性和魔性。湘西的传说与神话，无不古艳动人。同这样差不多的还很多。湘西的神秘，和民族性的特殊大有关系。历史上"楚"人的幻想情绪，必然孕育在这种环境中，方能滋长成为动人的诗歌。想保存它，同样需要这种环境。

▣ 白河流域几个码头

　　白河便是历史上知名的酉水。白河到沅陵与沅水汇流
后，便略显混浊，有出山泉水的意思。若溯流而上，则三丈
五丈的深潭清澈见底。深潭中为白日所映照，河底小小白石
子，有花陈的玛瑙石子，全看得明明白白。水中游鱼来去，
皆如浮在空气里。两岸多高山，山中多可以造纸的细竹，长
年作深翠颜色，逼人眼目。近水人家多在桃杏花里，春天时
只需注意，凡有桃花处必可沽酒。夏天则晒晾在日光下耀目
的紫花布衣裤，可以作为人家所在的旗帜。秋冬来时，房屋
在悬崖上的，滨水的，无不朗然入目，黄泥的墙，乌黑的
瓦，位置却永远那么妥帖！且与四周环境极其调和，使人得
到的印象非常愉快。(引自《边城》)

由沅陵沿白河上行三十里名"乌宿"，地方风景清奇秀美，古木

丛竹，滨水极多。传说中的大酉洞即在附近。洞中高大宏敞，气象万千。但比起凤凰苗乡中的齐梁洞，内中平坦能容避难的人一万以上，就可知道大酉洞其所以著名，或系邻近开化较早的沅陵所致，白河中山水木石最美丽清奇的码头，应数王村，属永顺县管辖，且为永顺县货物出口地方。夹河高山，壁立拔峰，竹木青翠，岩石黛黑。水深而清，鱼大如人。河岸两旁黛色庞大石头上，在晴朗冬天里，尚有野莺画眉鸟，从山谷中竹篁里飞出来，休息在石头上晒太阳，悠然自得啭唱悦耳的曲子，直到有船近身时，方从从容容一齐向林中飞去。水边还有许多不知名水鸟，身小轻捷，活泼快乐，或颈脖极红，如缚上一条彩色带子，或尾如扇子，花纹奇丽，鸣声都异常清脆。白日无事，平潭静寂，但见小渔船船舷船顶站满了沉默黑色鱼鹰，缓缓向上游划去。傍山作尾，<u>重重叠叠</u>，如堆蒸糕，入目景象清而壮。一派清芬的影响，本县老诗人向伯翔的诗，因之也见得异常清壮。

白河多滩，凤滩、茨滩、绕鸡笼、三门、驼碑五个滩最著名。弄船人有两个口号："凤滩茨滩不为凶，上面还有绕鸡笼。"上行船到两大滩时，有时得用两条竹纤在两岸拉挽，船在河中小小容口破浪逆流上行。绕鸡笼因多曲折石坎，下行船较麻烦，一不小心撞触河床中的大石，即成碎片，船上人必借船板浮沉到下游三五里方能得救。三门附近山道名白鸡关，石壁插云，树身大如桌面，茅草高至二丈五尺以上。山中出虎豹，大白天可听到虎吼。

由三门水行七十里，到保靖县。（过白鸡关陆行只有四十余里。）

保靖是酉水流域过去土司之一所在地。酉水流域多洞穴，保靖濒河两个洞为最美丽知名。一在河南，离县城三里左右，名石楼洞，临长河，踞悬崖。对河一山，山上老松数列，错落布置，十分自然。景物清疏，有渐江和尚画意。但洞穴内多人工铺排，并无可观。一在河北大山下面，和县城相对，名狮子洞，洞被庙宇掩着，庙宇又被老树大竹古藤掩着。洞口并不十分高大，进到里面去后，用火燎高照，既不见边，也不见顶，才看出这洞穴何等宏敞阔大，令人吃惊。四面石壁白润如玉，地下铺满白色细沙。洞中还另有一小小天然道路，可上升到一个石屋里去。道路踏脚处带朱砂红斑，颜色极鲜艳。石屋中有石床石桌，似为昔日方士修炼住处。蝙蝠展翅约一尺长大，不知从何处求食。洞中既宽阔，又黑暗，必用三五个火燎烛照，由庙中人引导，视火燎燃到三分之二后，即寻外出，不然恐迷路不易走出。火燎用枯竹枝做成，由守庙道士出卖给游洞者，点燃时枯竹枝在洞中爆炸，声音如枪响，如大雷公鞭炮响。洞中夏天有一小小泉水，水味甘美。水中还有小小鱼虾，到冬天时仅一空穴，鱼虾亦不知去处。

近城大山名杀鸡坡，一眼看去，山并不如何高大，但山下人有人上山时杀一鸡，等待人到山顶，山下人的鸡在锅中已熟了。因此名叫杀鸡坡。对河亦有一大山，名野猪坡，出野猪。坡上土地丛林和洞穴，为烧山种田人同野兽大蛇所割据，一到晚上，虎豹就傍近种田开山人家来吃小猪，从被咬去的小猪锐声叫喊里，可以知道虎豹走去的方向。这大虫有时在大白天也昂头一吼，山谷响应许久。

种田人因此常常拿了刀矛火器种种家伙，往树林山洞中去寻觅，用绳网捕捉大蛇，用毒烟设陷阱猎捕野兽。岭上最多的还是集群结伙蹂躏农产物成癖的野猪，喜欢偷吃山田中包谷白薯，为山民真正仇敌。正因为这种损害庄稼的仇敌太多，岭上人打锣击鼓猎野猪的事，也就成为一种常有的仪式，常有的娱乐了。

本地出好梨，皮色淡赭，味道香而甜，名"洋冬梨"，皮较厚韧，因此极易保藏。产材质坚密的黄杨木，乡下人常常用绳索系身，悬空下垂到溪谷绝壁间，把黄杨木从高崖上砍下，每段锯成两尺长短，背负入城找求售主，同卖柴一样。碗口大的木料，在本地人眼中看来，十分平常。这种良好木材，照当地人习惯，多用来做筷子和天九牌。需要多，供给少，所以一部分就用柚子木充数。出大头菜，比龙山的略差。湘西大头菜应当数接近鄂西的边县龙山最好，颜色金黄，味道甜而香。出好茶叶，和邻近山城那个古丈县的茶叶比较，味道略淡。然而清醇之中，别有一种芬馥之气。陈家茶园在湘西实得风气之先，出品佳美，可惜数量不多，无从外运。

永绥县离保靖四十五里。保靖县苗人居住较少。永绥县却大部分是苗人。逢场时交易十分热闹，猪、牛、羊、油、盐、铁器和农具，以至于一段木头，一根竹子，一个石臼，一撮火绒，无不可买卖。大场坪中百物杂陈，五色缤纷，可谓奇观。石宏规是本县苗民中优秀分子之一，对苗民教育极热心，对苗民问题极熟习。一个大学毕业生，做了几次县长。

三个县份清中叶还由土司统治，土司既由世袭，永顺的姓向，保靖的姓彭，永绥的姓宋，到如今这三姓还为当地巨族。土司的统治已成过去，统治方法也不可考究了，除了许多大土堆通称土司坟，但留下一个传说尚能刺激人心。就是做土司的，除同宗外，对于此外任何人新婚都保有"初夜权"。新妇应当送到土司府留下三天，代为除邪气，方能发还。也许就是这种原因，三姓方成为本地巨族。土司坟多，与《三国演义》曹操七十二个疑冢不无关系，与初夜权执行也有关系。

白河上游商业较大的水码头名"里耶"。川盐入湘，在这个地方上税。边地若干处桐油，都在这个码头集中。

站在里耶河边高处，可望川湘鄂三省接壤的八面山。山如一个桶形，周围数百里，四面陡削悬绝，只一条小路可以上下。上面一坦平阳，且有很好泉水，出产好米和杂粮，住了约一百户人家。若将那条山路塞断，即与一切隔绝，俨然别有天地。过去二十年常为落草大王盘踞，不易攻打。唯上面无盐，所以不易久守。

白河上游分支数处，其一到龙山。龙山出好大头菜。山水清寒，鱼味甘美，六月不腐，水源出鄂西。其一河源在川东，湖南境到茶峒为止。因为这是湖南境最后一个水码头，小虽小，还有意思。这地方事实上虽与人十分陌生，可是说起来又好像十分熟习。下面是从我一个小说上摘引下来的，白河流域像这样的地方，似乎不止一处。

凭水倚山筑城，近山的一面，城墙如一条长蛇，缘山爬去。临水一面则在城外河边留出余地设码头，湾泊小小篷船。船下行时运桐油，青盐，染色用的五倍子。上行则运棉花、棉纱，以及布匹杂货同海味。贯穿各个码头有一条河街，人家房子多一半着陆，一半在水，因为余地有限，那些房子莫不设吊脚楼。河中涨了春水，到水进街后，河街上人家，便各用长长的梯子，一端搭在屋檐口，一端搭在城墙上，人人皆骂着嚷着，带了包袱、铺盖、米缸，从梯子上爬进城里去，水退时方又从城门口出城。水若特别猛一些，沿河吊脚楼，必有一处两处为水冲去，大家只在城头上呆望，受损失的也同样呆望，对于所受损失仿佛无话可说，与在自然安排下眼见其他无可挽救的不幸来临时相似。涨水时在城上还可望着骤然展宽的河面，流水浩浩荡荡，随同山水从上流浮沉而来的有房子、牛、羊、大树。于是在水势较缓处税关尨船前面，便常常有人驾了小舢板，一见河心浮沉而来的是一匹牲畜，一段小木，或一只空船，船上有一个妇人或小孩哭喊的声音，便急急地把船桨去。在下游一些迎着那个目的物，把它用长绳系定，再向岸边桨去。这些勇敢的人，也爱利，也好义，同一般当地人相似。不拘救人救物，却同样在一种愉快冒险行为做得十分敏捷勇敢。

城外河街也有商人落脚的客店，坐镇不动的理发馆。此外饭店、杂货铺、油行、盐栈、花衣庄，莫不各有地位，装点了这条河街。还有卖船上檀木活车、竹缆与锅罐铺子，介绍水手职业吃码头饭的人家。小饭店门前，常有煎得焦黄的鲤鱼豆腐，身上装饰了红辣椒丝，卧在浅口钵头里，钵旁大竹筒中插着大把红筷子，不拘谁个愿意花点钱，这人就可以傍了门前长案坐下来，抽出一双筷子到手上，那边一个眉毛扯得极细脸上擦了白粉的妇人，就走来问："要甜酒？要烧酒？"男子火焰高一点的，谐趣的，对内掌柜有点意思的，必装成生气似的说："吃甜酒？又不是小孩，还问人吃甜酒！"那么，醇烈的烧酒，从大瓮里用木滤子舀出，倒进土碗里，即刻就来到身边案桌上了。

大都市随了商务发达而产生的某种寄食者，因为商人同水手的需要，这小小边城河街，也居然有那么一群人，聚集在一些有吊脚楼的人家。这种妇人穿了假洋绸的衣服，印花布的裤子，把眉毛扯成一条细线，大大的发髻上敷了香味极浓俗的油类，白日里无事，就坐在门口做鞋子，在鞋尖上用红绿丝线挑绣双凤，或靠在临河窗口看水手起货，听水手爬桅子唱歌。到了晚间，却轮流接待商人同水手，切切实实尽一个妓女应尽的义务。

由于边地的风俗淳朴，便是做妓女，也永远那么浑厚，遇不相熟的主顾，做生意时得先交钱，再关门撒野，人既相熟后，钱便在可有可无之间了。妓女多靠商人维持生活，但恩情所结，却多在水手方面。感情好的，互相咬着嘴唇咬着颈脖发了誓，约好了"分手后各人不许胡闹"。四十天或五十天，在船上浮着的那一个，同在岸上蹲着的这一个，便同样待着打发这一堆日子，尽把自己的心紧紧地缚定远远的一个人。尤其是妇人，痴到无可形容，男子过了约定时间不回来，做梦时，就常常梦船拢了岸，那一个人摇摇荡荡地从船跳板到了岸上，直向身边跑来。或日中有了疑心，则梦里必见男子在桅上向另一方向唱歌，却不理会自己。性格弱一点儿的，接着就在梦里投河吞鸦片烟，强一点的便手执菜刀，直向那水手奔去。他们生活虽那么同一般社会疏远，但是眼泪与欢乐，在一种爱憎得失间揉进了这些人生活里时，也便同另外一片土地另外一些人相似，全个身心为那点爱憎所浸透，见寒作热，忘了一切。

(引自《边城》)

□ 泸溪·浦市·箱子岩

　　由沅陵沿沅水上行，一百四十里到湘西产煤炭著名地方辰溪县。应当经过泸溪县，计程六十里，为当日由沅陵出发上行船一个站头，且同时是洞河（泸溪）和沅水合流处。再上六十里，名叫浦市，属泸溪县管辖，一个全盛时代业已过去四十年的水码头。再上二十里到辰溪县，即辰溪入沅水处。由沅陵到辰溪的公路，多在山中盘旋，不经泸溪，不经浦市。

　　在许多游记上，多载及沅水流域的中段，沿河断崖绝壁古穴居人住处的遗迹，赭红木屋或仓库，说来异常动人。倘若旅行者以为这东西值得一看，就应当坐小船去。这个断崖同沅水流域许多滨河悬崖一样，都是石灰岩做成的。这个特别著名的悬崖，是在泸溪浦市之间，名叫箱子岩。那种赭色木柜一般方形木器，现今还有三五具好好搁在崭削岩石半空石缝石罅间。这是真的原人住居遗迹，还是古代蛮人寄存骨殖的木柜，不得而知。对于它产生存在的意义，应当还有些较古的记载或传说，年代久，便遗失了。

下面称引的几段文字，是从我数年前一本游记上摘下的：

泸溪　泸溪县城四面是山，河水在山峡中流去。县城位置在洞河与沅水汇流处，小河泊船贴近城边，大河泊船去城约三分之一里。（洞河通称小河，沅水通称大河。）洞河来源远在苗乡，河口长年停泊五十只左右小小黑色洞河船。弄船者有短小精悍的花帕苗，头包花帕，腰围裙子。有白面秀气的所里人，说话时温文尔雅，一张口又善于唱歌。洞河既水急山高，河身转折极多，上行船到此，已不适宜于借风使帆，凡入洞河的船只，到了此地，便把风帆约成一束，做上个特别记号，寄存于城中店铺里去，等待载货下行时，再来取用。由辰州开行的沅水商船，六十里为一大站，停靠泸溪为必然的事。浦市下行船若预定当天赶不到辰州，也多在此过夜。然而上下两个大码头把生意全已抢去，每天虽有若干船只到此停泊，小城中商业却清淡异常。沿大河一方面，一个青石码头也没有，船只停靠皆得在泥渡头与泥堤下。

到落雨天，冒着小雨，从烂泥里走进县城街上去。大街头江西人经营的布铺，铺柜中坐了白发皤然老妇人，庄严沉默如一尊古佛。大老板无事可做，只腆着肚皮，叉着两手，把脚拉开成为八字，站在门限边对街上檐溜出神。窄巷里石板砌成的行人道上，小孩子扛了大而朴质的雨伞，响着很寂寞的钉鞋声。若天气晴明，石头城恰当日落一方，雉堞与城楼都为夕阳落处的黄天衬出明明朗朗的轮廓。每一个山头都镀上一片金，满河是橹歌浮动。就是这么一个小城中，却出了一个写《日本不足惧》的龚德柏先生。

浦市　　这是一个经过昔日的繁荣而衰败了的码头。三十年前是这个地方繁荣的顶点，原因之一是每三个月下省请领凤凰厅镇篁和辰沅永靖兵备道守兵那十四万两饷银，省中船只多到此为止，再由旱路驿站将银子运去。请饷官和押运兵在当时是个阔差事，有钱花，会花钱。那时节沿河长街的油坊尚常有三两千新油篓晒在太阳下。沿河七个用青石做成的码头，有一半常停泊了结实高大的四橹五舱运油船。此外船只多从下游运来淮盐、布匹、花纱，以及川黔所需的洋广杂货。川黔边境由旱路来的朱砂、水银、苎麻、五倍子、生熟药材，也莫不在此交货转载。木材浮江而下时，常常半个河面都是那种木筏。本地市面则出炮仗，出纸张，出肥人，出肥猪。河面既异常宽平，码头又干净整齐。街市尽头为一长潭，河上游是一小滩，每当黄昏薄暮，落日沉入大地，天上暮云被落日余晖所烘灸剩余一片深紫时，大帮货船从上而下，摇船人泊船近岸以前，在充满了薄雾的河面，浮荡在黄昏景色中的催橹歌声，正是一种如何壮丽稀有充满欢欣热情的歌声！

辛亥以后，新编军队经常年前调动，部分省中协饷也改由各县厘金措调。短时期代替而兴的烟土过境，也大部分改由南路广西出口。一切消费馆店都日渐萎缩，只余了部分原料性商品船只过往。这么一大笔金融活动停止了来源，本市消费性营业即受了打击，缩小了范围，随同影响到一系列小铺户。

如今一切都成过去了，沿河各码头已破烂不堪。小船泊定的一个码头，一共十二只船。除了一只船载运了方柱形毛铁，一只船载辰溪烟煤，正在那里发签起货外，其他船只似乎已停泊了多日，无货可载，都显得十分寂寞，紧紧地挤一处。有几只船还在小桅上或竹篙上悬了一个用竹缆编成的圆圈，作为"此船出卖"等待换主的标志。

箱子岩 那天正是五月十五，乡下人过大端阳节。箱子岩洞窟中最美丽的三只龙船，全被乡下人拖出浮在水面上。船只狭而长，船舷描绘有朱红线条，全船坐满了青年桡手，头腰各缠红布。鼓声起处，船便如一支没羽箭，在平静无波的长潭中来去如飞。河身大约一里宽，两岸都有人看船，大声呐喊助兴。且有好事者从后山爬到悬岩顶上去，把"铺地锦"百子鞭炮从高岩上抛下，尽鞭炮在半空中爆裂，形成一团团五彩碎纸云尘。砰砰砰砰的鞭炮声与水面船中锣鼓声相应和，引起人对于历史发生一种幻想，一点感慨。

两千年前那个楚国逐臣屈原，若本身不被放逐，疯疯癫癫来到这种充满了奇异光彩的地方，目击身经这些惊心动魄的景物，两千年来的读书人，或许就没有福分读《九歌》那类文章，中国文学史也就不会如现在的样子了。在这一段长长岁月中，世界上多少民族都已堕落了，衰老了，灭亡了。即如号称东亚大国的一片土地，也已经有过多少次被来自沙漠中的蛮族，骑了膘壮的马匹，手持强弓硬弩，长枪大戟，到处践踏蹂躏！然而这地方的一切，虽在历史中也照样发生不断的杀戮、争夺，以及一到改朝换代时，派人民担负种种不幸命运，死的因此死去，活的被逼迫留发，剪发，在生活上受种种限制与支配。然而细细一想，这些人根本上又似乎与历史进展毫无关系。从他们应付生存的方法与排泄感情的娱乐方式看来，竟好像今古相同，不分彼此。

日头落尽云影无光时，两岸渐渐消失在温柔暮色里。两岸看船人呼喝声越来越少。河面被一片紫雾笼罩，除了从锣鼓声中尚能辨别那些龙船方向，此外已别无所见。然而岩壁缺口处却人声嘈杂，且闻有小孩子哭声，有妇女尖锐叫唤声，综合给人一种悠然不尽的感觉。……

过了许久，那种锣鼓声尚在河面飘着，表示一班人还不愿意离开小船，回转家中。待到把晚饭吃过，爬出舱外一看，呀，好一轮圆月！月光下石壁同河面，一切都镀了银，已完全变换了一种调子。岩壁缺口处水码头边，正有人用废竹缆或油柴燃着火燎,火光下只见许多穿白衣人的影子移动。那些人正把酒食搬移上船,预备分派给龙船上人。原来这些青年人划了一整天船,看船的已散尽了,划船的还不尽兴,三只船还得在月光下玩个上半夜。

提起这件事,使人重新感到人类文字语言的贫俭,那一派声音,那一种情调,真不是用文字语言可以形容尽致的。

这些人每到大端阳时节,都得下河玩一整天的龙船,平常日子却各个按照一种分定,很简单地把日子过下去。每日看过往船只摇橹扬帆来去,看落日同水鸟。虽然也有人事上的小小得失,到恩怨纠纷成一团时,就陆续发生庆贺或仇杀。然而从整个说来,这些人生活却仿佛同"自然"已相互融合,很从容地各在那里尽其性命之理,与其他无生命物质一样,唯在日月升降寒暑交替中放射,分解。而且在这种过程中,人是如何渺小的东西,这些人比起世界上任何哲人,也似乎还更知道得多一点。

这些不辜负自然的人,与自然妥协,对历史毫无担负,活在这无人知道的地方。另外尚有一批人,与自然毫不妥协,想出种种方法来支配自然,违反自然的习惯,同样也那么尽寒暑交替,看日月升降。然而后者却在改变历史,创造历史。一份新的日月,行将消灭旧的一切。我们要用一种什么方法,就可以使这些人心中感觉一种"惶恐",且放弃对自然和平的态度，重新来一股劲儿，用划龙船的精神活下去？这些人在娱乐上的狂热，就证明这种狂热使他们还配在世界上占据一片土地，活得更愉快更长久一些。但有谁来改造这些人的狂热到一件新的竞争方面去？（引自《湘行散记》）

这希望于浦市人本身是毫无结论的。

浦市镇的肥人和肥猪，即因时代变迁，已经差不多"失传"，问当地人也不大明白了。保持它的名称，使沅水流域的人民还知道有个"浦市"地方，全靠鞭炮和戏子。沅水流域的人遇事喜用鞭炮，婚丧事用它，开船上梁用它，迎送客人亲戚用它，卖猪买牛也用它。几乎无事不需要它。做鞭炮需要硝磺和纸张，浦市出好硝，又出竹纸。浦市的鞭炮很贱，很响。所以沅水流域鞭炮的供给，大多数就由浦市商店包办。浦市人欢喜戏，且懂戏。二八月农事起始或结束时，乡下人需要酬谢土地，同时也需要公众娱乐。因此常常有头行人出面敛钱集份子，邀请大木傀儡戏班子来演戏。这种戏班子角色既整齐，行头又美好，以浦市地方的最著名。浦市镇河下游有三座塔，本地传说塔里有妖精住，传说实在太旧了，因为戏文中有水淹金山寺，然而正因为传说流行，所以这塔倒似乎很新。市镇对河有一个大庙，名江东寺。庙内古松树要五人连手方能抱住。老梅树有三丈高，开花时如一树绛雪，花落时藉地一寸厚。寺侧院竖立一座转轮藏，木头做的，高三四丈，上下用斗大铁轴相承。三五个人扶着有雕刻龙头的木把手用力转动它时，声音如龙鸣，凄厉而绵长，十分动人。据记载是仿龙声制作的，半夜里转动它时，十里外还可听得清清楚楚。本地传说天下共有三个半转轮藏，浦市占其一。庙宇还是唐朝黑武士尉迟敬德建造的。就建筑款式看来，是明朝的东西，清代重修过。本地人既长于木傀儡戏，戏文中多黑花脸杀进红花脸杀出故事，尉迟敬德在戏文中既是一员骁将，因此附会到这个寺庙上去，也极自然。浦市码头既已衰败，三十年前红极一时的商家，迁移的迁移，破产的破产，那座大庙一再驻兵，近年来花树已全毁，庙宇也破成一堆瓦砾了。就只唱戏的高手，还有三五人，在沅水流域当行出名。傀儡戏大多数唱的是高腔，用唢呐伴和，在田野中唱来，情调相当悲壮。每到菜花黄庄稼熟时节，这些人便带了戏箱各处走去，在田野中小小土地庙前举行时，远近十里的妇女老幼，多换上新衣，年轻女子戴上粗重银器，有些还自己扛了板凳，携带饭盒，跑来看戏，一面看戏一面吃点东西。戏子中嗓子好，善于用手法使傀儡表情生动的，常得当地年轻女子垂青。到十冬腊月，这些唱戏的又带上另外一份家业，赶到凤凰县城里去唱酬傩神的愿戏。这种酬神戏与普通情形完全不同，一切由苗巫做主体，各扮着乡下人，跟随苗籍巫师身后，在神前院落中演唱。或相互问答，或共同合唱一种古典的方式。戏多夜中在火燎下举行，唱到天明方止。参加的多义务取乐性质，照例不必需金钱报酬，只大吃大喝几顿了事，这家法事完了又转到另外一家去。一切方式令人想起《仲夏夜之梦》的乡戏场面，木匠、泥水匠、屠户、成衣人，无不参加。戏多就本地风光取材，诙谐与讽刺，多健康而快乐，有希腊《拟曲》趣味。不用弦索，不用唢呐，唯用小锣小鼓，尾声必须大家合唱，观众也可合唱。尾声照例用"些"字，或"禾和些"字，借此可知《楚辞》中《招魂》末字的用处。戏唱到午夜后，天寒土冻，锣鼓凄清，小孩子多已就神坛前盹睡，神巫便令执事人重燃大蜡，添换供物，神巫也换穿朱红绣花缎袍，手拿铜剑锦拂，捶大鼓如雷鸣，吭声高唱，独舞娱神，兴奋观众。末后撤下供物酒食，大家吃喝。俟人人都恢复精神后，新戏重新上场。这些唱戏的到岁暮年末时，方带了所得猪羊肉（羊肉必取后腿，带上那个小小尾巴），大小米糍粑，以及快乐和疲劳，各自回家过年。

在浦市镇头上向西望，可以看见远山上一个白塔，尖尖地向透蓝天空矗着。白塔属辰溪县的风水，位置在辰溪县下边一点。塔在河边山上，河名"斤丝潭"，打鱼人传说要放一斤生丝方能到底。斤丝潭一面是一列悬崖，五色斑驳，如锦如绣。崖下常停泊百十只小渔船，每只船上照例蓄养五七只黑色鱼鹰。这水鸟无事可做时，常蹲在船舷船顶上扇翅膀，或沉默无声打瞌盹。盈千累百一齐在平潭中下水捕鱼时，堪称一种奇观，可见出人类与另一种生物合作，在自然中竞争生存的方式，虽处处必须争斗，却又处处见出谐和。箱子岩也是一列五色斑驳的石壁，长约三四里，同属石灰岩性质。石壁临江一面崭削如割切。河水深而碧，出大鱼，因此渔船也多。岩下多洞穴，可收藏当地人五月节用的狭长龙船。岩壁缺口处有人家，如为造物者增加画意，似经心似不经心点缀上这些大小房子。最引人注意处还是那半空中石壁罅穴处悬空的赭色巨大木柜。上不沾天，下不及泉，传说中古代穴居者的遗迹。端阳竞渡时水面的壮观，平常人不容易得到这种眼福，就不易想象它的动人光景。遇晴明天气，白日西落，天上薄云由银红转成灰紫。停泊崖下的小渔船，烧湿柴煮饭，炊烟受湿，平贴水面，如平摊一块白幕。绿头水凫三只五只，排阵掠水飞去，消失在微茫烟波里。一切光景静美而略带忧郁。随意割切一段勾勒纸上，就可成一绝好宋人画本。满眼是诗、一种纯粹的诗。生命另一形式的表现，即人与自然契合，彼此不分的表现，在这里可以和感官接触。一个人若沉得住气，在这种情境里，会觉得自己即或不能将全人格融化，至少乐于暂时忘了一切浮世的营扰。现实并不使人沉醉，倒令人深思。越过时间，便俨然见到五千年前腰围兽皮手持石斧的壮士，如何精心设意，用红石粉涂染木材，搭架到悬崖高空上的情景。且想起两千年前的屈原，忠直而不见信，被放逐后驾一叶小舟漂流江上，无望无助的情景。更容易关心到这地方人将来的命运，虽生活与自然相契，若不想法改造，却将不免与自然同一命运，被另一种强悍有训练的外来者征服制驭，终于衰亡消灭。说起它时使人痛苦，因为明白人类在某种方式下生存，受时代陶冶，会发生一种无可奈何的痛苦。悲悯心与责任心必同时油然而生，转觉隐遁之可羞，振作之必要。目睹山川美秀如此，"爱"与"不忍"会使人不敢堕落，不能堕落。因此一个深心的旅行者，不妨放下坐车的便利，由沅陵乘小船沿沅水上行，用两天到达辰溪。所费的时间虽多一点，耳目所得也必然多一点。

□ 辰溪的煤

　　湘西有名的煤田在辰溪。一个旅行者若由公路坐车走，早上从沅陵动身，必在这个地方吃早饭。公路汽车须由此过河，再沿麻阳河南岸前进。旅行者一瞥的印象，在车站旁所能看到的仅仅是无数煤堆，以及远处煤堆间几个黑色烟筒。过河时看到的是码头上人分子杂，船夫多，矿工多，游闲人也多。半渡之际看到的是山川风物，秀气而不流于纤巧。水清且急，两丈下可见石子如樗蒲在水底滚动。过渡后必想到，地方虽不俗，人好像很呆，地下虽富足，一般人却极穷相。以为古怪，实不古怪。过路人虽关心当地荣枯和居民生活，但一瞥而过，对地方问题照例是无从明白的。

　　辰河弄船人有两句口号，旅行者无不熟习，那口号是："走尽天下路，难过辰溪渡。"事实上辰溪渡也并不怎样难过，不过弄船人所见不广，用纵横千里一条沅水与七个支流小河作准，说说罢了。……

　　辰溪县的位置恰在两条河流的交汇处，小小石头城临水倚山，建立在河口滩脚崖壁上。河水清而急，深到三丈还透明见底。河面长年来往湘黔边境各种形体美丽的船只。山头是石灰岩，无论晴雨，都可见到烧石灰的窑上飘扬青烟和白烟。房屋多黑瓦白墙，接瓦连橡紧密如精巧图案。对河与小山城成犄角，上游为一个三角形小阜，小阜上有修船造船的宽坪。位置略下，为一个山岨，濒河拔峰，山脚一面接受了沅水激流的冲刷，一面被麻阳河长流淘洗，近水岩石多玲珑透空。山半有个壮丽辉煌的庙宇，庙宇外岩石间且有成千大小不一的石佛。在那个悬岩半空的庙里，可以眺望上行船的白帆，听下行船摇橹人唱歌。小船把流而渡，艰难处与美丽处实在可以平分。

　　地方为产煤区，似乎无处无煤，故山前山后都可见到用土法开掘的煤洞煤井。沿河两岸常有百十只运煤船停泊，上下洪江与常德码头间无时不有若干黑脸黑手脚汉子，把大块黑煤运送到船上，向船舱中抛去。若到一个取煤的斜井边去，就可见到无数同样黑脸黑手脚人物，全身光裸，腰前围一片破布，头上戴一盏小灯，向那个俨若地狱的黑井爬进爬出。矿坑随时可以坍陷或被水灌入，坍了，淹了，这些到地狱讨生活的人，自然也就完事了。（引自《湘行散记》）

战事发生后，国内许多地方的煤田都丢送给日本人了，东三省热河的早已完事。绥远河北山东安徽的全得不着了。可是辰溪县的煤，直到二十七年二月里，在当地交货，两块钱一吨还无买主。运到一百四十里距离的沅陵去，两毛钱一百斤很少人用它。山上沿河两岸遍山是杂木杂草，乡下人无事可做，无生可谋，挑柴担草上城换油盐的太多，上好栎木炭到年底时也不过卖一分钱一斤，除做坊槽坊和较大庄号用得着煤，人人都因习惯便利用柴草和木炭。这种热力大质量纯的燃料，于是同过去一时当地的青年优秀分子一样，在湘西竟成为一种肮脏累赘毫无用处的废物。地方负责的虽知道这两样东西都极有用，可不知怎样来用它。到末了，年轻人不是听其漂流四方，就是听他们腐化堕落。廉价的燃料，只好用木地民船运往五百里外的常德，每吨一块半钱到二块六毛钱。同时却用二百五十块钱左右一吨的价钱，运回美孚行的煤油，作为湘西各县城市点灯用油。

富源虽在本地，到处都是穷人，不特下井挖煤的十分穷困，每天只能靠一点点收入，一家人挤塞在一个破烂逼窄又湿又脏的小房子里住，无望无助地混下去。孩子一到十岁左右，就得来参加这种生活竞争。许多开矿的小主人，也因为无知识，捐项多，耗费大，运输不便利，煤又太不值钱，弄得毫无办法，停业破产。

这应当是谁的责任？瞻望河边的风景，以及那一群肮脏瘦弱的负煤人，两相对照，总令人不免想得很远很远。过去的，已成为过去了。来到这地面上，驾驭钢铁，征服自然，使人人精力不完全浪费到这种简陋可怜生活上，使多数人活得稍像活人一点，这责任应当归谁？是不是到明日就有一群结实精悍的青年，心怀雄心与大愿，来担当这个艰苦伟大的工作？是不是到明日，还不免一切依然如旧？答复这个问题，应在青年本身。

这是一个神圣矿工的家庭故事——

向大成，四十四岁，每天到后坡××公司第三号井里去工作，坐笋筐下降四十三丈，到工作处。每天做工十二小时，收入一毛八分钱。妇人李氏，四十岁，到河码头去给船户补衣裳裤子，每天可得三两百钱。无事做或往相熟处，给人用碎瓷片放放血，用铜钱蘸清油刮刮痧。男女共生养了七个，死去五个，只剩下两个女儿，大的十六岁，十三岁时就被驻防军排长看中，出了两块钱引诱破了身。父亲知道这事情时，就痛打女孩一顿，又为这两块钱，两夫妇大吵大闹一阵，妇人揪着自己髻发在泥地里滚哭。可是这事情自然同别的事一样，很快地就成为过去了。到十五岁这女孩子已知道从新生活上取乐，且得点小钱花，买甘蔗糍粑吃。于是常常让水手带到空船上去玩耍，不怕丑也不怕别的。可是母亲从熟人处听到她什么时候得了钱，在码头上花了，不拿回来，就用各种野话痛骂泄气。到十六岁父亲却出主张，把她押给一个"老怪物"，押二十六块钱。这女孩子于是换了崭新印花标布衣裳，把头梳得光油油的，脸上擦了脂粉，很高兴地来在河边一个小房子里接待当地军、警、商、政各界，照当地规矩，五毛钱关门一回。不久就学会了唱小曲子、军歌、党歌、爱国歌、摇船人催橹歌。母亲来时就偷偷地塞十个当一百铜子或一些角子票到母亲手中，不让老怪物看见。阅世多，经验多，应酬主顾自然十分周到，生意更好了一点，已成为本地"观音"。船上人无不知道码头的观音。有一次，县衙门一个传达，同船上人吃醋，便用个捶衣木杵把这个活观音痛殴一顿，末了，且把小妇人裤子也扒脱抛到河水中去。又气又苦，哭了半天，心里结了个大疙瘩，总想不开，抓起烟匣子向口里倒，咽了三钱烟膏，到第二天便死掉了。父母得到消息，来哭了一阵，拿了点"烧埋钱"走了。死去过不久也就装在白木匣子里抬走埋了。小女儿十一岁，每天到河滩上修船处去捡劈柴，带回家烧火煮饭，有一天造船匠故意扬起斧头来恐吓她，她不怕。造船匠于是更当着这孩子撒尿，想用另外一个方法来恐吓她。这女孩子受了辱，就坐在河边堆积的木料上，把一切耳朵中听来的丑话骂那个老造船匠，骂完后方跑回家里去。回到家里，见母亲却在灶边大哭，原来老的在煤井里被煤块砸死了。……到半夜，那个母亲心想，公司有十二块钱安埋费。孩子今年十二岁，再过四年，就可挣钱了。命虽苦，还有一点希望。……

这就是我们所称赞的劳工神圣，一个劳工家庭的真实故事。旅行者的好奇心，若需要证实它，在那里实在顶方便不过，正因为这种家庭是很普遍的，故事是随处可以掇拾的。

读书人的同情，专家的调查，对这种人有什么用？若不能在调查和同情以外有一个办法，这种人总永远用血和泪在同样情形中打发日子，地狱俨然就是为他们而设的。他们的生活，正说明"生命"在无知与穷困包围中必然的种种。读书人面对这种人生时，不配说同情，实应当自愧。正因为这些人生命的庄严，读书人是毫不明白的。

大家都知道辰溪县有煤，此外还有什么，就毫无所知了。在湘西各县裱画店，常有个署名犟翁米子和的口书字幅，用笔极浓重，引人注意。这个米先生就是辰溪县人。

◻ 沅水上游几个县份

由辰溪大河上行，便到洪江，洪江是湘西中心。出口货以木材、桐油、鸦片烟为交易中心。市区在两水汇流一个三角形地带，三面临水，通常有"小重庆"称呼。地方归会同县管辖。湖南人吃的"洪江柚子"，就是由会同、黔阳、溆浦各县属乡下集中到洪江来的。洪江商务增加了地方的财富与市面繁荣，同时也增加了军人的争夺机会。民国三十年来贵州省的政治变局，都是洪江地方直接间接促成的。贵州军人卢焘、王殿轮、王小珊、周西成、王家烈，全用洪江为发祥地，终于又被部下搞垮。湖南军人周则范、蔡钜猷、陈汉章，全用洪江为根据地，找了百十万造孽钱，负隅自固，周陈二人并且同样是在洪江被刺的。可是这些事对本地又似乎竟无多少关系。这些无知识的小军阀尽管新陈代谢，打来打去，除洪江商人照例吃点亏，与会同却并无关系。地方既不因此而衰败，也不因此而繁荣。溆浦地方在湘西文化水准特别高，读书人特别多，不靠洪江的商务，却靠一片田地，一片果园——蔗糖和橘子园的出产，此外便是几个热心地方教育的人。女子教育的基础，是个姓向女子做成的（即十年前在共产党中做妇女运动被杀的向警予，"五四时代"写工运文章最有声色的蔡和森的夫人）。史学家向达，经济学家武堉干，出版家舒新城，同是溆浦人。洪江沿沅水上行到黔阳，县城里有一个阳明书院，留下王阳明的一点传说，此外这个地方竟似乎不能引起外人的关心注意，也引不起本地人的自信或自骄。地方在外面读书做事的人相当多，湘西人的个性强悍处，似乎也因之较少。黔阳毗连芷江，"澧兰沅芷"在历史上成一动人名词。芷江的香草香花，的确不少。公路由辰溪往芷红，不经过溆浦黔阳，是由麻阳河沿河上行一阵，到后向西走，经芷江属的东乡两个市镇，方到芷江。

车由辰溪过渡，沿麻阳河南岸上行时，但见河身平远静穆，嘉树四合，绿竹成林，郁郁葱葱，别有一种境界。沿河多油坊、祠堂，房子多用砖砌成立体方形或长方形，同峻拔不群的枫杉相衬，另是一种格局，有江浙风景的清秀，同时兼北方风景的厚重。河身虽不大，然而屈折平衍，因之引水灌溉两岸，十分便利，土地极其膏腴。急流处本地人多缚大竹做圆形，安置在河边小水堰道间。引水灌高处田地，且连接枧筒长数十丈，将水远引。两岸树木多，因之美丽水鸟也特别多。弄船人除少数铜仁船水手，此外全部是麻阳人，在二百五十里内，这一条河中有多少滩，多少潭，有多少碾房，有多少出名石头，无不清清楚楚。水手们互相谈论争吵的事也常不离这条河流所有的故事，和急流石头的情形。有一个地方名"失马湾"，四围是山，山下有大小村落无数，都隐在树丛中，河面宽而平，平潭中黄昏时静寂无声，唯见水鸟掠水飞去，消失在苍茫烟浦里。一切光景美丽而忧郁，见到时不免令人生"大好河山"之感。公路虽不经从失马湾过，失马湾地方有一个故事，却常常给人带走很远。

公路入芷江境后，较大站口名怀化镇。经过的旅客除了称羡草木田地美好，以及公路宽广平坦，此外将无何等奇异感想。可是事实上这个地方的过去，正是中国三十年来的缩影。地方民性强悍，好械斗，多相互仇杀，强梁好事者既容易生事，老实循良的为生存也就力图自卫。蔡锷护法军兴，云南部队既在这里和北洋军作战。结果遗下枪支不少。本地人有钱的买枪，称为团总，个人有枪，称为练丁。枪支一多，各有所恃，于是由仇怨变成劫掠。杂牌军来，收枪裹匪膨胀势力。军队打散后，于是或入山落草保存实力，或收编成军以图挟制。内战既多，新陈代谢之际，唯一可做的事就是相互杀戮。二十年间的混乱局面，闹得至少有一万良民被把头颅割下示众（作者个人即眼见到有三千左右农民被割头示众），为本地人留下一笔结不了的血账。然而时间是个古怪东西，这件事到如今，当地人似乎已渐渐忘掉了。遗忘不掉且居然还能够引起旅客一点好奇心对之注意的，是一座光头山顶上留下一列堡垒形的石头房子，不像庙宇也不像住户人家，与山下简陋小市镇对照时，尤其显得两不调和。一望而知这房子是有个动人故事的。这是一个由地主而成团绅，由团绅而做大王，由大王升充军长，由军长获得巨富，由巨富被人暗杀的一个姓陈的产业。这座房子同中国许多地方堂皇富丽的建筑相似，大部分可说是用人血做成的，这房子结束了当地人对于由土匪而大王做军官成巨富的浪漫情绪。如今业已成为一个古迹，只能供过路人凭吊了。车站旁的当地妇人多显得和平而纯良，用惊奇眼光望着外来车辆和客人。客人若问："那房子是谁的产业？谁在那里住？"一定会听到那些老妇人可怜地回答："房子是我们这里陈军长的，军长名陈汉章，五年前在洪江被人杀了，房子空空的。"且可怜地微笑。也许这妇人正想起自己被杀死的丈夫，被打死的儿子。也许想起的却是那军长死后相传留下三百五十条金子，和几个美丽姨太太的下落。谁知道她想的是什么事。

怀化镇过去二十里有小村市，名"石门"，出产好梨，大而酥脆，甜如蜜汁，也和中国别的地方一样，是有好出产，并不为人注意，专家也从不曾在他著作上提及，县农场和农校更不见栽培过这种果木。再过去二十五里名"榆树湾"，地方出好米，好柿饼。与怀化镇历史相同，小小一片地面几乎用血染赤，然而人性善忘，这些事已成为过去了。民性强直，二十年前乡下人上场决斗时，尚有手携着手，用分量同等的刀相砍的公平习惯，若凑巧碰着，很可能增长旅行者一分见识。一个商人的十八岁闺女死了，入土三天后，居然还有一个卖豆腐的青年男子，把这女子从土中刨出，背到山洞中去睡她三夜的热情。这种疯狂离奇的情感，到近年来自然早消灭了。新的普通教育，造成一种无个性无特性带点世故与诈气的庸碌人生观。这种人生观，一部分人自然还以为教育成功，因此为多数人所扶持。正因为如此一来，住城市中的地主阶级，方不至于田园荒芜，收租无着。按规矩，芷江的佃户对地主除缴纳正租外，还应当在每一石租谷中认缴鸡肉一斤，数量多少照算，所以有千来石净收入的人家，到收租时照例可从各佃户处捉回百十只肥鸡。常日吃鸡，吃到年底，还有富余。单是这一点，东乡的民俗如何宜于改造，便很显然了。

榆树湾离芷江还有九十里，公路上行，一部分即沿沅水西岸拉船人纤路扩大改造而成。公路一面傍山，一面临水。地势到此形成一小盆地，无高山重岭，汽车路因之较宽大，较平宜。到芷江时，一个过路人一瞥所得印象必不怎么坏。城西有个明代万历年的古塔，名雁塔，形制拙而壮，约略与杭州坍圮的雷峰塔相似。城楼与城中心望楼，从万户人家屋瓦上浮，气象相当博大厚重，像一个府治。河流到了这里忽然展宽许多，约三分之二里。一座十七墩的长桥，由城外河边联结西岸，西岸名王家街，住户店铺也不少。三十年前通云贵的大驿道由此通过（传说中的赶尸必由之路），现在又成为公路站头。城内余地有限，将来发展自然还在西岸。表示这繁荣的起点，是小而简陋的木房子无限量地增加。

有个大佛寺，也是明朝万历年间的建筑，殿中大佛头耳朵可容八个人盘旋而上，佛顶可摆四桌酒席绰绰有余。好风雅的当地绅士，每逢重阳节便到佛头上登高，吃酒划拳，觉得十分有趣。本地绅士有"维新派"，知去掉迷信不知道保存古迹，民国九年佛殿圮坍后，因此各界商议，决定打倒大佛。当时南区的警察所长是个麻脸大胖子，凤凰县人，人大心细，身圆姓方，性情恰恰如堂吉诃德先生的仆人，以为这是一件极有意义的工作，就亲自用锹头去掘佛头，并督率警士参加这种工作。事后向熟人说："今天真做了一件平生顶痛快事情（不说顶蠢事情），打倒了一尊五百年的偶像。人说大佛是金肝银肠朱砂心，得到它岂不是可以大发一笔洋财？哪知道打倒了它，什么也得不到。肚子里一堆古里古怪的玩意儿，手写的经书，泥做的小佛，绸子上画了些花花朵朵——鬼知道有什么用。五百年宝贝，一钱不值。大脑袋里装了六十担茶叶，一个茶叶库，一点味道都没有，谁都不要，只好堆在坪里，一把火烧掉。"把话说完时，伸出两只蒲扇手，"狗貪的，一把火烧完了，痛快。"总而言之，除了一大殿，当时能放火烧的都被这位开明警察所长烧了。保存得上好的五百卷手抄本经卷，和五彩壁画的版子，若干漆胎的佛像，全烧光了。大佛泥土堆积如一座小山。这座山的所在处，现在本地年轻人已经不大知道了。当地毁去了那么一座偶像，其实却保存另外一个活偶像。城里东门大街福音堂里，住下一个基督教包牧师，在当时是受本城绅士特别爱护尊敬的。受尊敬的原因，为的是当时土匪不敢惊动洋人。有时城中绅士被当作肥羊吊去时，无从接头，这牧师便放下侍奉上帝的神圣的职务，很勇敢慷慨深入匪区去代人说票。离县城三十里的西望山，早已成为土匪老巢，有枪兵一排人还不敢通过，大六月天这位牧师去避暑，却毫不在意，既不引起众人对于这个牧师身份的怀疑，反而增加这个牧师在当地"所向无敌"的威信。这事说来已二十年，上帝大约已把那牧师收回天国，也近于一篇故事了。

二十年来本地绅士半数已谢世，余下的都渐渐衰老了，子侄辈长大成人，当前问题恐不是毁佛学道，必是如何想法不让子侄辈向西北走。担心的并不是社会革命，倒是家庭革命。家庭一革命，做严父做慈父两不讨好。

芷江的绅士多是地主，正因为有钱，所以吃喝享乐之外历来还受两重压迫，土匪和外来驻防剿匪军，两者的苛索都不容易侍候。近年来一切都不同了，最大的威胁，恐怕是自己家里的子女"自由"。子女在外受教育的多，对于本地是一种转机，对于少数人，看来却似乎是一种危机。

广西民政厅厅长邱昌渭先生，是这个地方人。

芷江大桑和蚕种都相当好，白蜡收成也极可观。又出产好米，西望山下有一种特别玉腰米，做饭时长到五分。此外桃子和冬菌，在湖南应当首屈一指。可是当地农校林场却只能发现些不高不矮的洋槐树、黄金树。稻种改良，蚕桑推广，蜡虫研究和果木栽培，都不曾做，做来也无良好成绩可言。这就要后来者想办法了，后来者可做的事正多。

由芷江往晃县，给人的印象是沿公路山头渐低渐小，山上树木转增密蒙。一个初到晃县的人，爱热闹必觉得太不热闹，爱孤僻又必觉得不够孤僻。就地形看来，小小的红色山头一个接连一个，一条河水弯弯曲曲地流去，山水相互环抱，气象格局小而美，读过历史的必以为传说中的古夜郎国，一定是在这里。对湘西人民生活状况有兴味的人，必立刻就可发现当地妇女远不如沅陵妇女之勤苦耐劳而富于艺术爱好。妇女比例数目少一点，重视一点，也就懒惰一点。男子呢，与产烟区域的贵州省太接近，并且是贵州烟转口的地方，许多人血里都似乎有了烟毒。一瞥印象是愚、穷、弱。三种气分表现在一般市民的脸上，服饰上，房屋建筑上。

晃县的市场在龙溪口。公路通车以前，烟贩、油商、木商等客人，收买水银坐庄人，都在龙溪口做生意。地方被称为"小洪江"，由于繁荣的原因和洪江大同小异。地方离老县城约三里，有一段短短公路可通行，公路上且居然还有十多辆人力车点缀，一里两毛，还是求过于供。主顾最多的大约是本地小土娼，因为奔跑两处，必须以车代步，不然真不免夜行多露，跋涉为劳。

烟土既为本地转口货大宗生意，烟帮客人是到处受欢迎的客人，护送烟帮出差为军人最好的差事，特税查缉员在中国公务员中最称尽职。本地多数人的生存意义或生存事实，都和烟膏烟土不可分。因之令人发生疑问，假若禁烟事对于禁吸禁运办法实行以后，这地方许多人家许多商务如何维持？也许有人真那么想到，结果却默然无言。

四月里一个某某部队过路，在河西车站边借了一个民居驻防，开拔后，屋主人去清查房屋，才发现有个兵士模样的男子，被反缚两手，胸脯上戳了三刀，抛在粪坑边死了。部队还是当天开拔的。谁做的事，不知道。被杀的是谁？传说是查缉处兵士。官方对于这类事照例搁下，保留，无从追究。过不久，大家一定就忘记这件不愉快的事情了。

另外有个烟贩，由贵阳乘车到达，行李衣箱内藏了一万块钱法币，七千块钱烟土印花，落店后，半夜里突然有人来检查。翻了一阵，发现了那个衣箱，打开一看，把那个钱拿跑了。这烟贩不声不响，第二天就包赁一辆汽车回转贵阳。好像一抢便已完事。县知事不知道是谁做的事，烟贩倒似乎知道，除老乡外别无他人，只是不说。君子报仇三年，冤有头，债有主，不用麻烦官家。

两件事都发生在车站近旁，所谓边境，从这两件事情上可知道一二。边境的悲剧或喜剧，常常与烟土有密切关系。

边境有边境古风，每夜查铺子共计警务人员四位，高举扁方纸糊灯笼，进门问问姓氏，即刻就走了。查铺子的怕"委员"，怕"中央"，怕"军人"，怕许多许多，灯笼高举各家走去为的是尽职。更主要的还是旅客必须将姓名注上循环簿，旅馆用完时好到警局去领，每本缴三毛法币。就市价估计，成本约一毛五分。

小公务员还保留一种特别权利，在小客栈中开一房间，叫两个条子打麻将取乐，消遣此有涯之生。这种公务员自然也有从外路来到此地，享受这种特别权利的。总之多数人都认为这是一种权利，一种娱乐，不觉得可羞，所以在任何地方都可见到。

本地人口货销行最好的是纸烟。许多普通应用药品，到这地方都不容易得到，至于纸烟，无不应有尽有。各种甜咸罐头也卖得出。只是无一个书店，可知书籍在这地方并无多大用处。

经营"最古职业"的娘儿们，多数身子小小的，瘦瘦的，露出睡眠不足营养不足的神气，着短衣大脚裤，并在腰边扎一条粉红绸巾，会唱多种小曲，也会唱党歌、军歌、抗战歌，因为得应酬当地军警政商各界，也必须懂流行的歌曲。世人常说妓女生活很苦，大都会中低级妓女给人的印象的确很苦，每日与生活挣扎，受自然限制，为人事挫折，事事可以看出。这小小边城妓女，与其说是在挣扎生活，不如说是在混生活。生存是无目的的无所为的，正与若干小公务员小市民情形极其相同，同样是混日子，迷迷糊糊混下去，听机会分派哀乐得失，在小小生活范围内转。活时，活下去；死了，完事。"野心"在多数人生活中都不存在，"希望"也不会存在。十分现实，因此带点抽象骗人玩意儿，航空奖券和百龄机，发卖地方相去太远，对于这类人的刺激也无多大意义，刺激不了他们的任何冲动感情。若说这些妇女生活可悲可悯，公务员和小市民同样可悯。这是传说中的古夜郎国，可是到如今来"自大"两字也似乎早已消灭了。

多数人一眼望去都很老实，这老实另一面即表现"愚"与"惰"。妇人已很少看到胸前有精美扣花围裙，男子赳赳担着山兽皮上街找主顾的瑶族人民也不多见，贵州烟帮商人在这里势力特别大，由于烟土是贵州省运来的，这是烟帮入境的第一站。

妇人小孩大都患瘰疬，营养不良是一般人普遍现象。

木材在这里不大值钱，然而处置木材的方式，亦因无知与懒惰，多不得其法，这事从当地各式建筑都可见出。

　　湖南境的沅水到此为止，自然景物到此越加美丽，人事无章次处到此也就越加显著。正如造物者为求均衡，有意抑彼扬此，恰到好处。本地见出受对日战事影响，除了上行车辆加大，乘车人骤增成千上万，市面上呈现一种前所未有的异常活跃，到处有新房子在兴建，此外直接使本地人受拘束，在改造，起变化的，是壮丁训练。每早上六点钟左右，汽车西站旁大坪里就有个老妇人筛锣，告大家应当起床。于是来了一个着军服的年轻人，精神饱满，夹了三四个薄薄本子（唱歌的抄本）。吹哨子集合，各处人家于是走出二十来个大小不等制服不齐的候补壮丁，在坪里集合点名，经过短短训话后即上操，唱歌。大约训练工作还不很久，因此唱歌得一句一句教。教者十分吃力，学者对于歌中意义也不易懂。而且所有歌曲都是那些城里知识分子编的，实在不大好听，调子也古怪难于记忆，对于乡下人真是一种拗口"训练"。若把调子编成沅水流域弄船摇橹人打呼号的声音，或保靖花灯戏调子，或麻阳春官唱的农事节会的歌词腔调，一定好听得多易学得多了。可是这个指导训练工作人员，在本地却是唯一见出有生气有朝气的青年。地方一切会在他们努力下慢慢改变过来的。青年之觉醒是必然的。

　　十五年前在沅水上游称一霸，由教学先生而变为土匪，由大王而变为军人，由司令而咔嚓一刀。外县人来到晃县，提出这个人的名字时，如今尚可以听到许多故事。这人名姚继虞，就是晃县人。十年前又有个北京农科大学毕业生，为人热情而正直，身个子小小的，同学中叫他"毛胡子"。大革命时回到故乡做农会主席、党务特派员。领导两万武装农民到芷江县入城示威，清党时死于芷江南城城门前。这人名唐伯赓，也是晃县人。

▫ 凤　凰

这是从一个作品里摘录出关于凤凰的轮廓。

　　一个好事的人，若从百年前某种较旧一点的地图上寻找，一定可在黔北、川东、湘西一处极偏僻的角隅上，发现了一个名为"镇筸"的小点。那里同别的小点一样，事实上应有一个小小城市，在那城市中，安顿了数千户人口的。不过一切城市的存在，大部分皆在交通、物产、经济的情形下面，成为那个城市荣枯的因缘。这一个地方，却以另外一种意义无所依附而独立存在。试将那个用粗糙而坚实巨大石头砌成的圆城作为中心，向四方展开，围绕了这边疆僻地的孤城，约有五百余苗寨，各有千总守备镇守其间。有数十屯仓，每年屯数万石粮食为公家所有。五百左右的碉堡，二百左右的营汛。碉堡各用大石堆成。位置在山顶头，随了山岭脉络蜿蜒各处；营汛各位置在驿路上，布置得极有秩序。这些东西是在一百八十年前，按照一种精密的计划，各保持到相当距离，在周围附近三县数百里内，平均分配下来，解决了退守一隅常作暴动的边地苗族叛变的。两世纪来满清的暴政，以及因这暴政而引起的反抗，血染赤了每一条官道同每一个碉堡。到如今，一切不同了。碉堡多数业已残毁了，营汛多数成为民房了，人民已大半同化了。落日黄昏时节，站到那个巍然独在万山环绕的孤城高处，眺望那些远近残毁碉堡，还可依稀想见当时角鼓火炬传警告急的光景。这地方到今日此时，因为另一军事重心，一切均以一种迅速的情形在改变，在进步，同时这种进步，也就正消灭到过去一切。

地方统治者分数种，最上为天神，其次为官，又其次才为村长同执行巫术的神的侍奉者。人人洁身信神，守法怕官。城中居民每家俱有兵役，可按月各到营上领到一点银子，一份米粮，且可从官家领取二百年前被政府所没收的公田播种。

这地方本名镇筸城，后改凤凰厅，入民国后，才升级改名凤凰县。满清时辰沅永靖兵备道，镇筸镇总兵均驻节此地。辛亥革命后，湘西镇守使，辰沅道仍在此办公。除屯谷外，国家每月约用银六万到八万两经营此小小山城。地方居民不过五六千，驻防各处的正规兵士却有七千。由于环境不同，直到现在其地绿营兵役制度尚保存不废，为中国绿营军制唯一残留之物。(引自《凤子》)

苗人放蛊的传说，由这个地方出发。辰州符的实验者，以这个地方为集中地。三楚子弟的游侠气概，这个地方因屯丁子弟兵制度，所以保留得特别多。在宗教仪式上，这个地方有很多特别处，宗教情绪（好鬼信巫的情绪）因社会环境特殊，热烈专诚到不可想象。小小县城里外大型建筑，不是庙宇就是祠堂，江西人经营的绸布业，会馆建筑特别壮丽华美。湘西之所以成为问题，这个地方人应当负较多责任。湘西的将来，不拘好或坏，这个地方人的关系都特别大。湘西的神秘，只有这一个区域不易了解，值得了解。

它的地域已深入苗区，文化比沅水流域任何一县都差得多，然而民国以来湖南的政治家熊希龄先生，却出生在那个小小县城里。地方可说充满了迷信，然而那点迷信，却被历史很巧妙地糅合在军人的情感里，因此反而增加了军人的勇敢性与团结性。去年在嘉善守兴登堡国防线抗敌时，作战之沉着，牺牲之壮烈，就见出迷信实无碍于它的军人职务。县城一个完全小学也办不好，可是许多青年却在部队中当过一阵兵后，辗转努力，得入正式大学，或陆军大学，成绩都很好。一些由行伍出身的军人，常识且异常丰富；个人的浪漫情绪与历史的宗教情绪结合为一，便成游侠者精神，领导得人，就可成为卫国守土的模范军人。这种游侠精神若用不得其当，自然也可以见出种种短处。或一与领导者离开，即不免在许多事上精力浪费。甚焉者即糜烂地方，尚不自知。总之，这个地方的人格与道德，应当归入另一型范。由于历史环境不同，它的发展也就不同。

凤凰军校阶级不独支配了凤凰，且支配了湘西沅水流域二十县。它的弱点与二十年来中国一般军人弱点相似，即知道管理群众，不大知道教育群众。知道管理群众，因此在统治下社会秩序尚无问题。不大知道教育群众，因此一切进步的理想都难实现。地方边僻，且易受人控制，如数年前领导者陈渠珍被何健压迫离职，外来贪污与本地土劣即打成一片，地方受剥削宰割，毫无办法。民性既刚直，团结性又强，领导者如能将这种优点作为一个教育原则，使湘西群众人人各有一种自尊和自信心，认为湘西人可以把湘西弄好，这工作人人有份，是每人责任也是每人权利，能够这样，湘西之明日，就大不相同了。

典籍上关于云贵放蛊的记载，放蛊必与仇怨有关，仇怨又与男女事有关。换言之，就是新欢旧爱得失之际，蛊可以应用作争夺工具或报复工具。中蛊者非狂即死，唯系铃人可以解铃。这倒是蛊字古典的说明，与本意相去不远。看看贵州小乡镇上任何小摊子上都可以公开地买红砒，就可知道蛊并无如何神秘可言了。但蛊在湘西却有另外一种意义，与巫，与此外少女的落洞致死，三者同源而异流，都源于人神错综，一种情绪被压抑后变态的发展。因年龄、社会地位和其他分别，穷而年老的，易成为蛊婆，三十岁左右的，易成为巫，十六岁、二十二三岁，美丽爱好性情内向而婚姻不遂的，易落洞致死。三者都以神为对象，产生一种变质女性神经病。年老而穷，怨愤郁结，取报复形式方能排泄感情，故蛊婆所作所为，即近于报复。三十岁左右，对神力极端敬信，民间传说如"七仙姐下凡"之类故事又多，结合宗教情绪与浪漫情绪而为一，因此总觉得神对她特别关心，发狂，呓语，天上地下，无往不至，必须做巫，执行人神传递愿望与意见工作，经众人承认其为神之子后，中和其情绪，狂病方不再发。年轻貌美的女子，一面为戏文才子佳人故事所启发，一面由于美貌而有才情，婚姻不谐，当地武人出身中产者规矩又严，由压抑转而成为人神错综，以为被神所爱，因此死去。

善蛊的通称"草蛊婆"，蛊人称"放蛊"。放蛊的方法是用虫类放果物中，毒虫不外蚂蚁、蜈蚣、长蛇，就本地所有且常见的。中蛊的多小孩子，现象和通常害痞疾腹中生蛔虫差不多，腹胀人瘦，或梦见虫蛇，终于死去。病中若家人疑心是同街某妇人放的，就往去见见她，只作为随便闲话方式，客客气气地说："伯娘，我孩子害了点小病，总治不好，你知道什么小丹方，告我一个吧。小孩子怪可怜！"那妇人知道人疑心到她了，必说："那不要紧，吃点猪肝

（或别的）就好了。"回家照方子一吃，果然就好了。病好的原因是
"收蛊"。蛊婆的家中必异常干净，个人眼睛发红。蛊婆放蛊出于被
蛊所逼迫，到相当时日必来一次。通常放一小孩子可以经过一年，
放一树木（本地凡树木起瘊有蚁穴因而枯死的，多认为被放蛊死
去）只抵两月，放自己孩子却可抵三年。蛊婆所住的街上，街邻照
例对她都敬而远之地客气，她也就从不会对本街孩子过不去。（甚
至于不会对全城孩子过不去。）但某一时若迫不得已使同街孩子或
城中孩子因受蛊致死，好事者激起公愤，必把这个妇人捉去，放在
大六月天酷日下晒太阳，名为"晒草蛊"。或用别的更残忍方法惩
治。这事官方从不过问。即或这妇人在私刑中死去，也不过问。受
处分的妇人，有些极口呼冤，有些又似乎以为罪有应得，默然无语。
然情绪相同，即这种妇人必相信自己真有致人于死的魔力。还有些
居然招供出有多少魔力，施行过多少次，某时在某处蛊死谁，某地
方某大树枯树自焚也是她做的。在招供中且俨然得到一种满足的快
乐。这样一来，照习惯必在毒日下晒三天，有些妇人被晒过后，病
就好了，以为蛊被太阳晒过就离开了，成为一个常态的妇人。有些
因此就死掉了，死后众人还以为替地方除了一害。其实呢，这种妇
人与其说是罪人，不如说是疯婆子。她根本上就并无如此特别能力
蛊人致命。这种妇人是一个悲剧的主角，因为她有点隐性的疯狂，
致疯的原因又是穷苦而寂寞。

　　行巫者其所以行巫，加以分析，也有相似情形。中国其他地方

巫术的执行者，同僧道相差不多，已成为一种游民懒妇谋生的职业。视个人的诈伪聪明程度，见出职业成功的多少。他的作为重在引人迷信，自己却清清楚楚。这种行巫，已完全失去了他本来性质，不会当真发疯发狂了。但凤凰情形不同。行巫术多非自愿的职业，近于"迫不得已"的差使。大多数本人平时为人必极老实忠厚，沉默寡言。常忽然发病，卧床不起，如有神附体，语音神气完全变过。或胡唱胡闹，天上地下，无所不谈。且哭笑无常，殴打自己。长日不吃，不喝，不睡觉。过三两天后，仿佛生命中有种东西，把它稳住了，因极度疲乏，要休息了，长长地睡上一天，人就清醒了。醒后对病中事竟毫无所知，别的人谈起她病中情形时，反觉十分羞愧。

可是这种狂病是有周期性的（也许还同经期有关系），约两三个月一次。每次总弄得本人十分疲乏，欲罢不能。按照习惯，只有一个方法可以治疗，就是行巫。行巫不必学习，无从传授，只设一神坛，放一平斗，斗内装满谷子，插上一把剪刀。有的什么也不用，就可正式营业。执行巫术的方式，是在神前设一座位，行巫者坐定，用青丝绸巾覆盖脸上。重在关亡，托亡魂说话，用半哼半唱方式，谈别人家事长短，儿女疾病，远行人情形。谈到伤心处，谈者涕泗横溢，听者自然更嘘泣不止。执行巫术后，已成为众人承认的神之子，女人的潜意识，因中和作用，得到解除，因此就不会再发狂病。初初执行巫术时，且照例很灵，至少有些想不到的古怪情形，说来十分巧合。因为有事前狂态作宣传，本城人知道的多，行巫近于不得已，光顾的老妇人必甚多，生意甚好。行巫虽可发财，本人通常倒不以所得多少关心，受神指定为代理人，不做巫即受惩罚，设坛近于不得已。行巫既久，自然就渐渐变成职业，使术时多做作处。世人的好奇心，这时又转移到新设坛的别一妇人方面去。这巫婆若为人老实，便因此撤了坛，依然恢复她原有的职业，或做奶妈，或做小生意，或带孩子。为人世故，就成为三姑六婆之一，利用身份，串当地有身份人家的门子，陪老太太念经，或如《红楼梦》中与赵姨娘合作同谋马道婆之流妇女，行使点小法术，埋在地下，放在枕边，使"仇人"吃亏。或更作媒作中，弄一点酬劳脚步钱。小孩子多病，命大，就拜寄她做干儿子。小孩子夜惊，就为"收黑"，用个鸡蛋，咒过一番后，黄昏时拿到街上去，一路喊小孩名字："八宝回来了吗？"另一个就答："八宝回来了。"一直喊到家，到家后抱着孩子手蘸唾沫抹抹孩子头部，事情就算办好了。行巫的本地人称为"仙娘"。她的职务是"人鬼之间的媒介"，她的群众是妇人和孩子。她的工作真正意义是她得到社会承认是神的代理人后，狂病即不再发。当地妇女实为生活所困苦，感情无所归宿，将希望与梦想寄在她的法术上，靠她得到安慰。这种人自然间或也会点小丹方，可以治小儿夜惊，膈食。用通常眼光看来，殊不可解，用现代心理学来分析，它的产生同它在社会上的意义，都有它必然的原因。一知半解的读书人，想破除迷信，要打倒它，否认这种"先知"，正说明另一种人的"无知"。

至于落洞，实在是一种人神错综的悲剧，比上述两种妇女病更多悲剧性。地方习惯是女子在性行为方面的极端压制，成为最高的道德。这种道德观念的形成，由于军人成为地方整个的统治者。军人因职务关系，必时常离开家庭外出，在外面取得对于妇女的经验，必使这种道德观增强，方能维持他的性的独占情绪与事实。因此本地认为最丑的事无过于女子不贞，男子听妇女有外遇。妇女若无家庭任何拘束，自愿解放，毫无关系的旁人亦可把女子捉来光身游街，表示与众共弃。下面的故事是另外一个最好的例。

旅长刘俊卿，夫人是一个女子学校毕业生，平时感情极好。有同学某女士，因同学时要好，在通信中不免常有些女孩子的感情的话。信被这位军官见到后，便引起疑心。后因信中有句话语近于男子说的："嫁了人你就把我忘了。"这位军官疑心转增。独自驻防某地，有一天，忽然要马弁去接太太，并告马弁："你把太太接来，到离这里十里，一枪给我把她打死，我要死的不要活的。我要看看她还有一点热气，不同她说话。你事办得好，一切有我；事办不好，不必回来见我。"马弁当然一切照办。当真把旅长太太接来防地，到要下手时，太太一看情形不对，问马弁是什么意思。马弁就告她这是旅长的意思。太太说："我不能这样冤枉死去，你让我见他去说个明白！"马弁说："旅长命令要这么办，不然我就得死。"末了两人都哭了。太太让马弁把枪口按在心子上一枪打死了，（打心子好让血往腔子里流！）轿夫快快地把这位太太抬到旅部去见旅长，旅长看看后，摸摸脸和手，看看气已绝了，不由自主淌了两滴英雄泪，要马弁看一副五百块钱的棺木，把死者装殓埋了。人一埋，事情也就完结了。

这悲剧多数人就只觉得死者可悯，因误会得到这样结果，可不觉得军官行为成为问题。倘若女的当真过去一时还有一个情人，那这种处置，在当地人看来，简直是英雄行为了。

女子在性行为所受的压制既如此严酷，一个结过婚的妇人，因家事儿女勤劳，终日织布，绩麻，做腌菜，家境好的还玩骨牌，尚可转移她的情绪，不至于成为精神病。一个未出嫁的女子，尤其是一个爱美好洁、知书识字、富于情感的聪明女子，或因早熟，或因晚婚，这方面情绪上所受的压抑自然更大，容易转成病态。地方既在边区苗乡，苗族半原人的神怪观影响到一切人，形成一种绝大力量。大树、洞穴、岩石，无处无神。狐、虎、蛇、龟，无物不怪。神或怪在传说中美丑善恶不一，无不赋以人性。因人与人相互爱悦的传说，和当前道德观念极端冲突，便产生人和神怪爱悦，女性在性方面的压抑情绪，方借此得到一条出路。落洞即人神错综之一种形式。背面所隐藏的悲惨，正与表面所见出的美丽成分相等。

凡属落洞的女子，必眼睛光亮，性情纯和，聪明而美丽。必未婚，必爱好，善修饰，平时贞静自处，情感热烈不外露，转多幻想。

间或出门，即自以为某一时无意中从某处洞穴旁经过，为洞神一瞥见到，欢喜了她。因此更加爱独处，爱静坐，爱清洁，有时且会自言自语，常以为那个洞神已驾云乘虹前来看她。这个抽象的神或为传说中的相貌，或为记忆中庙宇里的偶像样子，或为常见的又为女子所畏惧的蛇虎形状。总之这个抽象对手到女人心中时，虽引起女子一点羞怯和恐惧，却必然也感到热烈而兴奋。事实上也就是一种变形的自渎。等待到家中人注意这件事情深为忧虑时，或正是病人在变态情绪中恋爱最满足时。

通常男巫的职务重在和天地，悦人神，对落洞事即付之于职权以外，不能过问。辰州符重在治大伤，对这件事也无可如何。女巫虽可请本家亡灵对于这件事表示意见，或阴魂入洞探询消息，然而结末总似乎凡属爱情，即无罪过。洞神所欲，一切人力都近于白费。虽天王佛菩萨权力广大，人鬼同尊，亦无从为力。（迷信与实际社会互相映照，可谓相反相成。）事到末了，即是听其慢慢死去。死的迟早，都认为一切由洞神做主。事实上有一半近于女子自己做主。死时女子必觉得洞神已派人前来迎接她，或觉得洞神亲自换了新衣骑了白马来接她，耳中有箫鼓竞奏，眼睛发光，脸色发红，间或在肉体上放散一种奇异香味含笑死去。死时且显得神气清明，美艳照人。真如诗人所说："她在恋爱之中，含笑死去。"家中人多泪眼莹然相向，无可奈何。只以为女儿被神所眷爱致死。料不到女儿因在人间无可爱悦，却爱上了神，在人神恋与自我恋情形中消耗其如花生命，终于衰弱死去。

女子落洞致死的年龄，迟早不等，大致在十六到二十四五左右。病的久暂也不一，大致由两年到五年，落洞女子最正当的治疗是结婚，一种正常美满的婚姻，必然可以把女子从这种可怜的生活中救出。可是照习惯这种为神眷顾的女子，是无人愿意接回家中做媳妇的。家中人更想不到结婚是一种最好的法术和药物。因此末了终是一死。

　　湘西女性在三种阶段的年龄中，产生蛊婆、女巫和落洞女子。三种女性的歇思底里，就形成湘西的神秘之一部分。这神秘背后隐藏了动人的悲剧，同时也隐藏了动人的诗。至如辰州符，在伤科方面用催眠术和当地效力强不知名草药相辅为治，男巫用广大的戏剧场面，在一年将尽的十冬腊月，杀猪宰羊，击鼓鸣锣，来做人神和乐的工作，集收人民的宗教情绪和浪漫情绪，比较起来，就见的事很平常，不足为异了。

　　浪漫情绪和宗教情绪两者混而为一，在女子方面，它的排泄方式，有如上所述说的种种。在男子方面，则自然而然成为游侠者精神。这从游侠者的道德观所表现的宗教性和戏剧性也可看出。妇女道德的形成，与游侠者的道德观大有关系。游侠者对同性同道称哥唤弟，彼此不分。故对于同道眷属亦视为家中人，呼为嫂子。子弟儿郎们照规矩与嫂子一床同宿，亦无所忌。但条款必遵守，即"只许开弓，不许放箭"。条款意思就是同住无妨，然不能发生关系。若发生关系，即为犯条款，必受严重处分。这种处分仪式，实充满宗教性和戏剧性。下面一件记载，是一个好例。这故事是一个参加过这种仪式的朋友说的。

在野地排三十六张方桌（象征梁山三十六天罡），用八张方桌重叠为一个高台，桌前掘个一尺八丈见方的土坑，用三十六把头刀竖立坑中，刀锋向上，疏密不一。预先用浮土掩着，刀尖不外露。所有弟兄哥子都全副戎装到场，当时流行的装束是：青绉绸巾裹头，视耳边下垂巾角长短表示身份。穿纸甲，用棉纸捶炼而成，中夹头发，做成背心式样，轻而柔韧，可以避刀刃。外穿密钮打衣，袖小而紧。佩平时所长武器，多单刀双刀，小牛皮刀鞘上绘有绿云红云，刀环上系彩绸，作为装饰。着青裤，裹腿，腿部必插两把黄鳝尾小尖刀。赤脚，穿麻练鞋。桌上排定酒盏，燃好香烛，发言的必先吃血酒盟心。（或咬一公鸡头，将鸡血滴入酒中，或咬破手指，将本人血滴入酒中。）"管事"将事由说明，请众议处。事情是一个做大哥的嫂子有被某"老幺"调戏嫌疑，老幺犯了某条某款。女子年轻而貌美，长眉弱肩，身材窈窕，眼光如星子流转。男的不过二十岁左右，黑脸长身，眉目英悍。管事把事由说完后，女子继即陈述经过，那青年男子在旁沉默无语。此后轮到青年开口时，就说一切都出于诬蔑。至于为什么诬蔑，他不便说，嫂子应当清清楚楚。那意思说是说嫂子对他有心，他无意。既经否认，各执一说，"执法"无从执行处分，因此照规矩决之于神。青年男子把麻鞋脱去，把衣甲脱去，光身赤脚爬上那八张方桌顶上去。毫无惧容，理直气壮，奋身向土坑跃下，出坑时，全身丝毫无伤，照规矩即已证实心地光明，一切出于受诬。其时女子头已低下，脸色惨白，知道自己命运不佳，业已失败，不能逃脱。那大哥揪着女的发髻，跪到神桌边去，问她："还有什么话说？"女的说："没有什么说的。冤有头，债有主。凡事天知道。"引颈受戮，不求饶也不狡辩，一切沉默。这大哥看看四面八方，无一个人有所表示，于是拔出背上单刀，一刀结果了这个因爱那小兄弟不遂心，反诬他调戏的女子。头放在神桌前，眉目下垂如熟睡。一伙哥子弟兄见事已完，把尸身拖到原来那个土坑里去，用刀掘土，把尸身掩埋了。那个大哥和那个么兄弟，在情绪上一定都需要流一点眼泪，但身份上的习惯，却不许一个男子为妇人显出弱点，都默默无言，各自走开。

类乎这种事情还很多。都是浪漫与严肃，美丽与残忍，爱与怨交缚不可分。

游侠者行径在当地也另成一种风格，与国内近代化的青红帮稍稍不同。重在为友报仇，扶弱锄强，挥金如土，有诺必践。尊重读书人，敬事同乡长老。换言之，就是还能保存一点古风。有些人虽能在川黔湘鄂边境数省号召数千人集会，在本乡却谦虚纯良，犹如一乡巴佬。有兵役的且依然按时入衙署当值，听候差遣做小事情，凡事照常。赌博时用小铜钱三枚跌地，名为"板三"，看反覆、数目，决定胜负，一反手间即输黄牛一头，银元一百两百，输后不以为意，扬长而去，从无翻悔放赖情事。决斗时两人用分量相等武器，一人对付一人，虽亲兄弟只能袖手旁观，不许帮忙。仇敌受伤倒下后，即不继续填刀，否则就被人笑话，失去英雄本色，虽胜不武。犯条款时自己处罚自己，割手截脚，脸不变色，口不出声。总之，游侠观念纯是古典的，行为是与太史公所述相去不远的。二十年闻名于川黔湘鄂各边区凤凰人田三怒，可为这种游侠者一个典型。年纪不到十岁，看木傀偏戏时，就携一血梼木短棒，在戏声中向屯垦军子弟不端重地横蛮地挑衅，或把人痛殴一顿，或反而被人打得头破血流，不以为意。十二岁就身怀黄鳝尾小刀，称"小老幺"，三江四海口诀背诵如流。家中老父开米粉馆，凡小朋友照顾的，一例招待，从不接钱。十五岁就为友报仇，走七百里路到常德府去杀一木客镖手，因听人说这个镖手在沅州有意调戏一个妇人，曾用手触过妇人的乳部，这少年就把镖手的双手砍下，带到沅州去送给那朋友。年纪二十岁，已称"龙头大哥"，名闻边境各处。然在本地每日抱大公鸡往米场斗鸡时，一见长辈或教学先生，必侧身在墙边让路，见女人必低头而过，见做小生意老妇人，必叫伯母，见人相争相吵，必心平气和劝解，且用笑话使大事化为小事。周济逢丧事的孤寡，从不出名露面。各庙宇和尚尼姑行为有不正当的，恐败坏当地风俗，必在短期中想方设法把这种不守清规的法门弟子逐出境外。作为龙头后身边子弟甚多，龙蛇不一，凡有调戏良家妇女，或因赌博撒赖，或倚势强夺经人告诉的，必招来把事情问明白，照条款处办。执法老幺，被派往六百里外杀人，随时动员，如期带回证据。结怨甚多，积德亦多。身体瘦黑而小，秀弱如一小学教员，不相识的绝不会相信这是湘西一霸。

光棍服软不服硬，白羊岭有一张姓汉子，出门远走云贵二十年，回家时与人谈天，问："本地近来谁有名？"或人说："田三怒。"姓张的稍露出轻视神气："田三怒不是正街卖粉的田家小儿子？"当夜就有人去叫张家的门，在门外招呼说："姓张的，你明天天亮以前走路，不要在这个地方住。不走路后天我们送你回老家。"姓张的不以为意，可是到后天大清早，有人发现他在一个桥头上斜坐着。走近身看看，原来两把刀插在心窝上，人已经死了。另外有个姓王的，卖牛肉讨生活，过节喝了点酒，酒后忘形，当街大骂田三怒不是东西，若有勇气，可以当街和他比比。正闹着，田三怒却从街上过身，一切听得清清楚楚。事后有人赶去告给那醉汉的母亲，老妇人听说吓慌了，赶忙去找他，哭哭啼啼，求他不要见怪。并说只有这个儿子，儿子一死，自己老命也完了。田三怒只是笑，说："伯母，这是小事情，他喝了酒，乱说玩的。我不会生他的气。谁也不敢挨他，你放心。"事后果然不再追究。还送了老妇人一笔钱，要那儿子开个面馆。

田三怒四十岁后，已豪气稍衰，厌倦了风云，把兄弟遣散，洗了手，在家里养马种花过日子。间或骑了马下乡去赶场，买几只斗鸡，或携细尾狗，带长网去草泽地打野鸡，逐鹌鹑，猎猎野猪，人料不到这就是十年前在川黔边境增加了凤凰人光荣的英雄田三怒。本人也似乎忘记自己做了些什么事。一天下午，牵了他那两匹骏健白马出城下河去洗马。城头上有两个懦夫居高临下，用两支匣子炮由他身背后打了约十三发子弹，有两粒子弹打在后颈上，五粒打在腰背上。两匹白马受惊，脱了缰沿城根狂奔而去。老英雄受暗算后，伏在水边石头上，勉强翻过身来，从怀中掏出小勃朗宁拿在手上，默默无声。他知道等等就会有人出城来的。不一会儿，懦夫之一果然提着匣子炮出城来了，到离身三丈左右时，老英雄手一扬起，枪声响处那懦夫倒下，子弹从左眼进去，即刻死了。城头上那个懦夫在隐蔽处重新打了五枪。田三怒教训他："狗杂种，你做的事丢了镇筸人的丑。在暗中射冷箭，不像个男子。你怎不下来?"懦夫不作声。原来城上来了另外的人，这行刺的就跑了。田三怒知道自己不济事了，在自己太阳穴上打了一枪，便如此完结了自己，也完结了当地最后一个游侠者。

派人做这件事情的，到后才知道是一个姓唐的。这个人也可称为苗乡一霸。辛亥革命领率苗民万人攻城，牺牲苗民将近六千人，北伐时随军下长江，曾任徐海警备司令。卸职还乡后称"司令官"，在离城十里长宁哨新房子中居家纳福。事有凑巧，做了这件事后，过后数年，这人居然被一个驻军团长，不知天高地厚，把他捉来放在牢里，到知道这事不妥时，人已病死狱中了。

田三怒子弟极多，十年来或因年事渐长，血气已衰，改业为正经规矩商人。或带剑从军，参加各种内战，牺牲死去。或因犯案离乡，漂流无踪。在日月交替中，地方人物新陈代谢，风俗习惯日有不同。因此到近年来，游侠者精神虽未绝，所有方式已大大有了变化。在那万山环绕的小小石头城中，田三怒的姓名，已逐渐为人忘却，少年子弟中有从图书杂志上知道"飞将军""小黑炭""美人鱼"等人的，却不知道田三怒是谁。

当年田三怒得力助手之一，到如今还好好存在，为人依然豪侠好客，待友以义，在苗民中称领袖，这人就是去年使湘西发生问题，迫何键去职，使湖南政治得一转机的龙云飞。二十年前眼目精悍，手脚麻利，勇敢如豹子，轻捷如猿猴，身体由城墙头倒掷而下，落地时尚能做矮马桩姿势。在街头与人决斗，杀人后下河边去洗手时，从从容容如毫不在意。现在虽尚精神矍铄，面目光润，但已白发临头，谦和宽厚如一长者。回首昔日，不免有英雄老去之慨！

这种游侠者精神既浸透了三厅子弟的脑子，所以在本地读书人观念上也发生影响。军人政治家，当前负责收拾湘西的陈老先生，年过六十，体气精神，犹如三十许青年壮健，平时律己之严，驭下之宽，以及处世接物，带兵从政，就大有游侠者风度。少壮军官中，如师长顾家齐、戴季韬辈，虽受近代化训练，面目文弱和易如大学生，精神上多因游侠者的遗风，勇鸷彪悍，好客喜弄，如太史公传记中人。诗人田星六，诗中就充满游侠者霸气。山高水急，地苦雾多，为本地人性格形成之另一面，游侠者精神的浸润，产生过去，且将形成未来。

■ 苗民问题

湘西苗民集中在三个县份内，就是白河上游和保靖毗连的永绥县，洞河上游的乾城县，麻阳河上游与麻阳接壤的凤凰县。就地图看，这三个县份又是相互连接的。对于苗民问题的研讨，应当作一度历史的追溯。它的沿革、变化与屯田问题如何不可分，过去国家对于它的政策的得失，民国以来它随内战的变化所受的种种影响。他们生计过去和当前在如何情形下支持，未来可能有些什么不同。他们如何得到武器，由良民而成为土匪，又由土匪经如何改造，就可望成为当前最需要的保卫国家土地一分子。这问题如其他湘西别的问题一样，讨论到它时，可说的话实在太多。可是本文不拟作这种讨论。大多数人关心他处，恐不是苗民如何改造，倒是这些被逼迫到边地的可怜同胞，他们是不是当真逢货即抢，见人必杀？他们是不是野蛮到无可理喻？他们是不是将来还会……这一串疑问都是必然的。正因为某一时当地的确有上述种种问题。

这种旧账算来，令人实在痛苦。我们应当知道，湘西在过去某一时，是一例被人当作蛮族看待的。虽愿意成为附庸，终不免视同化外。被歧视也极自然，它有两种原因。一是政治的策略，统治一省的负责者，在习惯上的错误，照例认为必抑此扬彼，方能控制这个汉苗混处的区域。一是缺少认识，负责者对于湘西茫然无知，既从不作过当前社会各方面的调查，也从不作过历史上民族性的分析，只凭一群毫无知识诈伪贪污的小官小吏来到湘西所得的印象，决定所谓应付湘西的政治策略。认识既差，结果是政策一时小有成功，地方几乎整个糜烂。这件事现在说来，业已成为过去了。未来呢，湘西必重新交给湘西人负责，领导者又乐于将责任与湘西优秀分子共同担负，且更希望外来知识分子帮忙，把这个地方弄得更好一点，方能够有个转机。对整个问题，虽千头万绪，无从谈起；对苗民问题，来到这十三县做官的，不问外来人或本地人，必须放弃二三千年以征服者自居的心理状态，应当有一根本原则，即一律平等。教育、经济以及人事上的位置，应力求平等。去歧视，去成见，去因习惯而发生的一切苛扰。在可能情形下，且应奖励客苗互通婚姻。能够这样，湘西苗民是不会成为问题的。至于当前的安定，一个想到湘西来的人，除了做汉奸，贩毒品，以及还怀着荒唐妄想，预备来湘西搜刮剥削的无赖汉，这三种人不受欢迎，此外战区逃来的临时寄居者，拟来投资的任何正当商人，分发到后方的一切公务人员和知识分子，以及无家可归的难民妇孺，来到湘西，都必然得到应有的照顾和帮助，不至于发生不应当有的困难。湘西人欢喜朋友，知道尊重知识，需要人来开发地面，征服地面，与组织大众，教育群众。凡是来到湘西的，只要肯用一点时间先认识湘西，了解湘西，对于湘西的一切，就会作另外看法，不至于先入为主感觉可怕了。一般隔靴搔痒者唯以湘西为匪区，做匪又认为苗人最多，最残忍，这即或不是一种有意诬蔑，还是一种误解。殊不知一省政治若领导得人，当权者稍有知识和良心，不至于过分勒索苛刻这类山中平民，他们大多数在现在中国人中，实在还是一种最勤苦、俭朴，能生产而又奉公守法，极其可爱的善良公民。

湘西人充过兵役的，被贪官污吏坏保甲逼到无可奈何时，容易入山做匪，并非乐于为匪。一种开明的贤人政治，正人君子政治，专家政治，如能实现，治理湘西，应当比治理任何地方还容易。

湘西地方固然另外还有一种以匪为职业的游民，这种分子来源复杂，不尽是湘西人，尤其不是安土重迁的善良的苗民。大多数是边境上的四川人、贵州人、湖北人，以及少数湘西人。这可说是几十年来中国内战的产物。这些土匪寄身四省边界上，来去无定。这种土匪使湘西既受糜烂，且更负一个"匪区"名分。解决这问题，还是应当从根本上着手，使湘西成为中国的湘西，来开发，来教育。统治者不以"征服者"自居，不以"被征服者"对待苗民，一切情形便大不相同了。

﹁儿时回忆﹜

▣ 在私塾

君，你能明白逃学是怎样一种趣味么？

说不能，那是你小时的学校办得太好了。但这也许是你不会玩。一个人不会玩他当然不必逃学。

我是在八岁上学以后，学会逃学起，一直到快从小学毕业，顶精于逃学，为那长辈所称为败家子的那种人，整天到山上去玩的。

在新式的小学中，我们固然可以随便到操场去玩着各样我们高兴的游戏，但那铃，在监学手上，喊着闹着就比如监学自己大声喝吓，会扫我们玩耍的兴致。且一到讲堂，遇到不快意功课，那还要人受！听不快意的功课，坐到顶后排，或是近有柱子门枋边旁，不为老师目光所瞩的较幽僻地方，一面装作听讲，一面把书举起掩脸打着盹，把精神蓄养复元，回头到下课时好又去大闹，君，这是一个不算最坏的方法。照例学校有些课目应感谢那研究儿童教育的学者，编成的书又真能使我们很容易瞌睡，如像地理、历史、默经等。不过我们的教员，照例教这些功课的人，是把所有教音乐、图画的教员没有的严厉，占归为自己所有。又都像有天意这些人是选派下来继续旧日塾师的威风，特别凶。所有新定的处罚，也像特为这几门功课预备。不逃学，怎么办？在旧式塾中，逃学挨打，不逃也挨打。逃学必在发现以后才挨打，不逃学，则每天有一打以上机会使先生的戒尺敲到头上来。君，请你比较下，是逃好还是不逃好？并且学校以外有戏看，有澡洗，有鱼可以钓，有船可以划，若是不怕腿痛还可以到十里八里以外去赶场，有狗肉可以饱吃。君，你想想。在新式学校中，则逃学纵知道也不过记一次过，以一次空头的过，既可以免去上无聊功课的麻烦，又能得恣意娱乐的实惠，谁都高兴逃学！

到新的小学中去读书，拿来同在外游荡打比，倒还是逃学为合算点，说在私塾中能待下去，真信不得！在私塾中这人不逃学，老实规矩地念书，日诵《幼学琼林》两页半，温习字课十六个生字，写影本两张，这人是有病，不能玩，才如此让先生折磨。若这人又并无病，那就是呆子。呆子固不必天生，父亲先生也可以用一些谎话，去注入到小孩脑中，使他在应当玩的年龄，便日思成圣成贤，这人虽身无疾病，全身的血却已中毒了。虽有坏的先生坏的父母因为想儿子成病态的社会上名人，不惜用威迫利诱治他的儿子，这儿子，还能心野不服管束，想方设法离开这势力，顾自走到外边去浪荡，这小孩的心，当是顶健全的心！一个十三岁以内的人，能到各处想方设法玩他所欢喜的玩，对于人生知识全不措意，只知发展自己的天真，对于一些无关实际大人生活事业上所谓建设、创造全不在乎，去认识他所引为大趣味的事业，这是正所以培养这小子！往常的人没有理解到这事，越见小孩心野越加严，学塾家庭越严则小孩越觉得要玩。一个好的孩子，说他全从严厉反面得的影响而有所造就，也未尝不可。

也不要人教，天然会，是我的逃学本能。单从我爱逃学上着想，我就觉得现行教育制度应当改革地方就很多了。为了逃学，我身上得到的殴挞，比其他处到我环境中的孩子会多四五倍，这证明我小时的心的浪荡不羁的程度，真比如今还要凶。虽挨打，虽不逃学即可以免去，我总认玩上一天挨打一顿是值得的事。图侥幸的心也未尝不有，不必挨打而又可以玩，再不玩，我当然办不到！

你知道我是爱逃学的一人，就是了。我并且不要你同情似的说旧式私塾怎样怎样地不良。我倒并不曾感觉到这私塾不良待遇阻遏了我什么性灵的营养。

我可以告你是我怎样地读书，怎样地逃学，以及逃开塾中到街上或野外去时是怎样地玩，还看我回头转家时得到报酬又是些什么。

君，我把我能记得很清楚的一段学校生活原原本本说给你听吧。

先是我入过一个学馆，先生是女的，这并不算得入学，只是因为妈初得六弟，顺便要奶娘带我随同我的姐上学罢了。我每日被一些比我大七岁八岁的大姐的女同学，背着抱着从西门上学。有一次这些女人中，不知是谁个，因为爬西门坡的石级爬累，流着泪的情形，我依稀还记得外，其他茫然了。

我说我能记得的那个。

这先生，是我的一个姨爹。使你容易明白就是说：师母同我妈是两姊妹，先生女儿是我的表姐。大家全是熟人！是熟人，好容易管教，我便到这长辈家来磕头作揖称学生了。容易管教是真的。但先生管教时也容易喊师母师姐救驾，这可不是我爹想到的事了。

学馆是仓上，也就是先生的家。关于仓，在我们那地方有两个，全很大，又全在西门。这仓是常平仓还是标里的屯谷仓，我到如今还不明白。

不过如今试来想：若是常平仓，这应属县里，且应全是谷米不应空；属县里则管仓的人应当是戴黑帽像为县中太爷喝道的差人，不应是穿号褂的老将。所以说它是标里屯粮的屯仓，还相近。

仓一共两排，拖成两条线，中间留出一条大的石板路。仓一共有多少个，我记不清楚了。有些是贴有一个大"空"字，有些则上了锁，且有谷从旁边露出，这些还很分明。

我说学馆在仓上，不是的。仓仍然是仓，学馆则是管仓的衙门。不消说，衙门是在这两个仓的头上！到学馆应从这仓前过，仓延长有多长，这道也延长有多长。在学馆，背完书，经先生许可，出外面玩一会儿，也就是在这大石板上玩！这长的路上，有些是把石头起去种有杨柳的，杨柳像摆对子的顶马，一排一排站在路两旁，都很大，算来当有五六十株。这长院子中，到夏天还有胭脂花、指甲草以及六月菊牵牛之类，这类花草大约全是师母要那守仓老兵栽种的，因为有人不知，冒冒失失去折六月菊喂蛐蛐，为老兵见到，就说师母知道会要骂人的。

到清明以后，杨柳树全绿，我们再不能于放晚学后到城上去放风筝，长院子中给杨柳荫得不见太阳，则仓的附近，便成了我们的运动场。仓底下是空的，有三尺左右高的木脚，下面极干爽，全是细沙，因此有时胆大一点的学生，还敢钻到仓底下去玩。先有一个人，到仓底去说是见有兔的巢穴在仓底大石础旁，又有小花兔，到仓底乱跑，因此进仓底下去看兔窟的就很多了。兔，这我们是也常常在外面见到的，有时这些兔还跑出来到院中杨柳根下玩，又到老兵栽的花草旁边吃青草，可是无从捉。仓的脚既那么高，下面又有这东西的家，纵不能到它家中去也可以看看它的大门。进仓去，我们只须腰弓着就成，我自然因了好奇也到仓底下玩过了！当到先生为人请去有事时，由我出名去请求四姨，让我们在先生回馆以前玩一阵。大家来到院中玩捉猫猫的游戏，仓底下成了顶好地方。从仓外面瞧里面，弄不清，里面瞧外又极分明。遇到充猫儿的是胆小的人时，他不敢进去，则明知道你在那一个仓背后也奈何你不得。这下仓底下说来真可算租界！

怎么学馆又到这儿来？第一，这里清静；先生同时在衙门做了点事情，与仓上有关，就便又管仓，又为一事。

到仓上念书，一共是十七个人。我在十七个人中，人不算顶小。

但是小，我胆子独大。胆子大，也并不是比别人更不怕鬼，是说最不惧先生。虽说照家中教训，师为尊，我不是不尊。若是在什么事上我有了冤枉，到四姨跟前一哭，回头就可以见到表姐请先生进去，谁能断定这不是进去挨四姨一个耳光呢？在白天，大家除了小便是不能轻易外出到院子中玩的。院中没有人，则兔子全大大方方来到院中石板路上溜达，还有些是引带三匹四匹小黑兔，就如我家奶娘引带我六弟八弟到道门口大坪里玩一个样。我们为了瞧看这兔子，或者吓唬这些小东西一次，每每借小便为名，好离开先生。我则故意常常这样办。先生似乎明知我不是解溲，也让我。关于兔子我总不明白，我疑心这东西耳朵是同孙猴子的"顺风耳"一样：只要人一出房门，还不及开门，这些小东西就溜到自己家去，深怕别人就捉到它耳。我们又听到老兵说这兔见他同师母时并不躲，也不害怕，因为是人熟，只把我们同先生除外。这话初初我不信，到后问四姨，是真的。有些人就恨起这些兔子来了。见这人躲见那人又不，正像乡下女人一样的乖巧可恨。恨虽然是恨，但毕竟也并无那捉一匹来大家把它煮吃的心思，所以二三十匹兔子同我们十七个学生，就共同管领这条仓前的长路。我们玩时它们藏在穴口边伸出头看我们的玩，到我们在念书时，它们又在外面恣肆跑跳了。

我们把这事也共同议论过：白天的情形，我们是同兔子打伙一块坪来玩，到夜，我们全都回了家，从不敢来这里玩，这一群兔子，是不是也怕什么，就是成群结队也不敢再出来看月亮？这就全不知道了。

仓上没有养过狗，外面狗也不让它进来，老兵说是免得吓坏了兔子。大约我们是不会为先生吓坏的，这为家中老人所深信不疑，不然我们要先生干吗？

我们读书的秩序，为明白起见，可以做个表。这表当如下：

早上——背温书，写字，读生书，背生书，点生书——散学

吃早饭后——写大小字，读书，背全读过的温书，点生书——过午

过午后——读生书，背生书，点生书，讲书，发字带认字——散学

这秩序，是我应当遵守的。过大过小的学生，则多因所读书不同，应当略为变更。但是还有一种为表以外应当遵守的，却是来时对夫子牌位一揖，对先生一揖，去时又得照样办。回到家，则虽先生说应对爹妈一揖，但爹妈却免了。每日有讲书一课，本是为那些大学生预备的，我却因为在家得妈每夜讲书听，因此在馆也添上一门。功课似乎既比同我一样大小年龄的人为多，玩的心情又并不比别人少，这样一来可苦了我了！

在这仓上我照我列的表每日念书念过一年半，到十岁。

《幼学琼林》是已念完了，《孟子》念完了，《诗经》又念了三本。

但我上这两年学馆究竟懂了些什么？让姨爹以先生名义在爹面去极力夸奖，我真不愿做这神童事业！爹也似乎察觉了我这一面逃学一面为人誉为神童的苦楚，知道期我把书念好是无望，终究还须改一种职业，就抖气把我从学馆取回，不理了。爹不理我一面还是因为他出门，爹既出门让娘来管束我，我就到了新的县立第二小学了。

不逃学，也许我还能在那仓上玩两三年吧。天知道我若是再到那类塾中，我这时变到成个什么样的人！

神童有些地方倒真是神童，到这学塾来，并不必先生告我，却学会无数小痞子的事情了。泅水虽是在十二岁才学会，但在这塾中，我就学会怎样在洗了澡以后设法掩藏脚上水泡痕迹去欺骗家中，留到以后的采用。我学会爬树，我学会钓鱼……我学会逃学，来作这些有益于我身心给我有用的经验的娱乐，这不是先生所意料，却当真是私塾所能给我的学问！我还懂得一种打老虎的毒药弩，这是那个同兔子无忤的老兵，告我有用知识的一种。只可惜是没有地方有一只虎让我去装弩射它的脚，不然我还可以在此事业上得到你们所想不到的光荣！

我逃学，是我从我姨爹读书半年左右才会的。因为见他处置自由到外面玩一天的人，是由逃学的人自己搬过所坐板凳来到孔夫子面前，擒着打二十板屁股，我以为这是合算的事，就决心照办的。在校场看了一天木傀儡社戏。按照通常放学的时间，我就跑回家中去，这时家中人刚要吃饭，显然回家略晚了，却红脸。

到吃饭时，一面想到日里的戏，一面想到明天到塾见了先生的措辞，就不能不少吃一碗了。

"今天被罚了，我猜是!"姑妈自以为所猜一点不错，就又立时怜惜我似的，说是，"明天要到四姨处去告四姨，要姨爹对你松点。"

"我的天，我不好开口骂你!"我为她一句话，把良心引起，又恨这人对我的留意。我要谁为我向先生讨保？我不能说我不是为不当的罚所苦，即老早睡了。

第二天到学校，"船并没有翻"。问到怎么误了一天学，说是家里请了客。请客即放学，这成了例子，我第一次就采用这谎语挡先生。

归到自己位上去，很以为侥幸。就是在同学中谁也料不到我也逃一天学了。

当放早学时，同一个同街的名字叫作花灿的一起归家。这人比我大五岁，一肚子的鬼。他自己常说，若是他做了先生，戒尺会得每人为预备一把；但他又认为他自己还应预备两把! 别人抽屉里，经过一次搜索已不敢把墨水盒子里收容蛐蛐，他则至少有两匹蛐蛐是在装书竹篮里。我们放早学，时候多很早，规矩定下来是谁个早到谁就先背书，先回家，因此大家争到早来到学塾。早来到学塾，难道就是认真念书么？全不是这么回事。早早地赶到仓上，天还亮不久，从那一条仓的过道上走过，会为鬼打死!"早来"只是早早地从家中出来，到了街上我们可以随意各以其所好地先上一种课。这时在路上，所遇到的不外肩上挂着青布裙褛赶场买鸡的贩子，同到就在空屠桌上或冷灶旁过夜的担脚汉子，然而我们可以把上早学得来的点心钱到卖猪血豆腐摊子旁去吃猪血豆腐，吃过后，再到杀牛场上看杀牛。并且好的蛐蛐不是单在天亮那时才叫吗？你若是在昨晚已把书念得很有把握，乘此出城到塘湾去捉二十匹大青头蟋蟀再回，时间也不算很迟。到不是产蟋蟀的时候，我们还可以到道尹衙门去看营兵的操练，就便走浪木，盘杠子，以人做马互相骑到马上来打仗，玩够了，再到学塾去。一句话说，起来得早我们所要的也是玩！照例放学时，先生为防备学生到路上打架起见，是一个一个地出门。出门以后仍然等候着，则不是先生所料到的事了。我们如今也就是这样。

"花灿，时候早，怎么玩？"

"看鸡打架去。"

我说"好吧"，于是我们就包绕月城，过西门坡。

散了学，还很早，不再玩一下，回到家去反而会为家中人疑心逃学，是这大的聪明花灿告我的。感谢他，其他事情为他指点我去做的还多呢。这个时候本还不是吃饭的时候，到家中，总不会比到街上自由，真不应就忙着回家。

这里我们就不必看鸡打架，也能各挟书篮到一种顶好玩有趣的地方去开心！在这个城里，一天顶热闹的时间有三次，吃早饭以前这次，则尤合我们的心。到城隍庙去看人斗鹌鹑，虽不能挤拢去看，但不拘谁人把打败仗的鸟放飞去时，瞧那鸟的飞，瞧那输了的人的脸嘴，便有趣！再不然，去到校场看人练藤牌，那用真刀真枪砍来打去的情形，比看戏就动人得多了。若不嫌路远，我们可包绕南门的边街，瞧那木匠铺新雕的菩萨上了金没有。走边街，还可以看泻铸犁头，用大的泥锅，把钢融成水，把这白色起花的钢水倒进用泥做成敷有黑烟子的模型后，待会儿就成了一张犁。看打铁，打生铁的拿锤子的人，不拘十冬腊月全都是赤起个膊子，吃醉酒了似的舞动着那十多斤重的锤敲打那砧上的铁。那铁初从炉中取出时，不用锤敲打也得响，一挨锤，便就四散飞花，使人又怕又奇怪。君，这个不算数，还有咧。在这一个城圈子中我们可以流连的地方多着，若是我是一辈子小孩，则一辈子也不会对这些事物生厌倦！

你口馋，又有钱，在道门口那个地方就可以容你留一世。橘子、花生、梨、柚、薯，这不算！烂贱碰香的炖牛肉不是顶好吃的一种东西？用这牛肉蘸盐水辣子，同米粉在一块吃，有名的牛肉张便在此。猪肠子灌上糯米饭，切成片，用油去煎去炸，回头可以使你连舌子也将咽下。杨怒三的猪血绞条，坐在东门的人还走到这儿来吃一碗，还不合胃口？卖牛肉巴子的摊了他并不向你兜揽生意，不过你若走过那摊子边请你顶好捂着鼻，不然你就为这香味诱惑了。在全城出卖的碗儿糕，它的大本营就在路西，它会用颜色引你口涎——反正说不尽的！我将来有机会，我再用五万字专来为我们那地方一个姓包的女人所售的腌莴苣风味，加一种简略介绍，把五万字来说那莴苣，你去问我们那里的人，真要算再简没有！

这里我且说是我们怎样走到我们所要到的斗鸡场上去。

没有到那里以前，我们先得过一个地方，是县太爷审案的衙门。衙门前面有站人的高木笼，不足道。过了衙门是一个面馆。面馆这地方，我以为就比学塾妙多了！早上面馆多半是正在擀面，一个头包青帕满脸满身全是面粉的大师傅骑在一条大木杠上轧碾着面皮，回头又用大的宽的刀子齐手风快地切剥，回头便成了我们过午的面条，怪！面馆过去是宝华银楼，遇到正在烧嵌时，铺台上，一盏用一百根灯草并着的灯顶有趣地很威风地燃着，同时还可以见到一个矮肥银匠，用一个小管子含在嘴上像吹哨那样，用气迫那火的焰，又总吹不熄，火的焰便转弯射在一块柴上，这是顶奇怪的融银子方法。还有刻字的，在木头上刻，刻反字全不要写，大手指上套了一个小皮圈子，就用那圈子按着刀背乱画。谁明白他是从哪学来这怪玩意儿呢。

到了斗鸡场后大家是正围着一个高约三尺的竹篾圈子，瞧着圈内鸡的拼命的。人密密满满围上数重，人之间，没有罅，没有缝。连附近的石狮上头也全有人盘踞了。显然是看不成了。但我们可以看别的逗笑的事情。我们从别人大声喊加注的价钱上面也就明白一切了。

在鸡场附近，陈列着竹子织就各式各样高矮的鸡笼，有些笼是用青布幕着，则可以断定这其中有那膘壮的战士。乘到别人来找对手作下一场比武时，我们就可瞧见这鸡身段颜色了。还有鸡，刚才败过仗来的，把一个为血所染的头垂着在发眛打盹。还有鸡，蓄了力，想打架。忍耐不住的，就拖长喉咙叫。

还有人既无力又不甘心的"牛"才更有意思，胁下夹着脏书包，或是提着破书篮，脸上不是有两撇墨就少不了黄鼻液痕迹。这些"牛"，太关心圈子里战争，三三两两绕着圈子打转，只想在一条大个儿身子的人胁下腿边挤进去。不成功，头上给人抓了一两把，又斜着眼向这抓他摸他的人做生气模样，复自慰地同他同伴说，去去去，我已看见了，这里的鸡全不会溜头。打死架，不如到那边去瞧破黄鳝有味！

我们就那样到破黄鳝的地方来了。

活的像蛇一样的黄鳝，满盆满桶地挤来挤去，围到这桶欣赏这小蛇的人，大小全都有。

破鳝鱼的人，身子矮，下脖全是络腮胡，曾帮我家做过事，叫岩保。

黄鳝这东西，虽不闻咬人，但全身滑腻腻的使人捉不到，算一种讨厌东西。岩保这人则只随手伸到盆里去，总能擒一条到手。看他卡着这黄鳝的不拘那一部分，用力在盆边一磕，黄鳝便规规矩矩在他手上不再挣了，岩保便在这东西头上嵌上一粒钉，把钉固到一块薄板上，这鳝卧在板上让他用刀划肚子，又让他剔骨，又让他切成一寸一段放到碗里去，也不喊，也不叫，连滑也不滑，因此不由人不佩服岩保这武艺！

"你瞧，你瞧，这东西还会动呢。"花灿每次发见的，总不外乎是这些事情。鳝的尾，鳝的背脊骨，的确在刮下来以后还能自由地屈曲。但老实说，我总以为这是很脏的，虽奇怪也不足道！

我说："这有什么巧?"

"不巧么？瞧我。"他把手去拈起一根尾，就顺便去喂他身旁的另一个小孩。

"花灿你这样欺人是丑事!"我说，我又拖他，因为我认得这被弄的孩子。

他可不听我的话。小孩用手拒，手上便为鳝的血所污。小孩骂。

"骂？再骂就给吃一点血!"

"别人又并不惹你!"小孩是莫可奈何，屈于力量下面了。

花灿见已打了胜仗，就奏凯走去，我跟到。

"要他尝尝味道也骂人! 我不因为他小我就是一个耳光。"

我说，将来会为人报仇。我心里从此厌花灿，瞧不起他了。

若有那种人，欲研究儿童逃学的状况，在何种时期又最爱逃学，我可以贡献他一点材料，为我个人以及我那地方的情形。

春夏秋冬，最易引起逃学欲望是春天。余则以时季秩序而递下，无错误。

春天爱逃学，一半是初初上学，心正野，不可驯；一半是因春天可以放风筝，又可大众同到山上去折花。论玩应当数夏天，因为在这季里可洗澡，可钓鱼，可看戏，可捉蛐蛐，可赶场，可到山上大树下或是庙门边去睡，但热，逃一天学容易犯，且因热，放学早，逃学是不必，所以反出春天可以少逃点学了。秋天则有半月或一月割稻假，不上学。到冬天，天既冷，外面也很少玩的事情，且快放年学，是以又比秋天自然而然少挨一点因逃学而得来的挞骂了。

我第一次逃学看戏是四月。第二次又是。第二次可不是看戏，却同到两人，走到十二里左右的长宁哨赶场。这次糟了。不过就因为露了马脚，在被两面处罚后，细细拿来同所有的一日乐趣比较，天平朝后面的一头坠，觉得逃学值得，索性逃学了。

去城十二里，或者说八里，一个逢一六两日聚集的乡场，算是附城第二热闹的乡场。出北门，沿河走，不过近城跳石则到走过五里名叫堤溪的地方，再过那堤溪跳石。过了跳石又得沿河走。走来走去终于就会走进一个小小石砦门，到那哨上了。赶场地方又在砦子上手，稍远点。

这里场，说不尽。我可以借一篇短短文章来为那场上一切情形下一种注解，便是我在另一时节写成的那篇《市集》。不过这不算描写实情。实在详细情形我们哪能说得尽？譬如虹，这东西，到每个人眼中都放一异彩，又温柔，又美丽，又近，又远；但一千诗人聚拢来写一世虹的诗，虹这东西还是比所有的诗所蕴蓄的一切还多！

单说那河岸边泊着的小船。船小像把刀，狭长卧在水面上，成一排，成一串，互相挤挨着，把头靠着岸，正像一队兵。君，这是一队虽然大小同样，可是年龄衣服枪械全不相同的杂色队伍！有些是灰色，有些是黄色。有些又白得如一根大葱。还有些把头截去，成方形，也大模大样不知羞耻地掺在中间。我们具了非凡兴趣去点数这些小船，数目结果总不同。分别城乡两地人，是在衣服上着手，看船也应用这个方法；不过所得的结论，请你把它反过来。"衣服穿得入时漂亮是住城的人。纵穿绸着缎，总不大脱俗，这是乡巴佬"，这很对。这里的船则那顶好看的是独为上河苗人所有。篙桨特别地精美，船身特别地雅致，全不是城里人所能及的事！

请你相信我，就到这些小船上，我便可以随便见到许多我们所引为奇谈的酋长同酋长女儿！

这里的场介于苗族的区域，这条河，上去便是中国最老民族托身的地方。再沿河上去，一到乌巢河，全是苗人了。苗人酋长首领同到我们地方人交易，这场便是一个顶适中地点。他们同他女儿到这场上来卖牛羊和烟草，又换盐同冰糖回去。百分人中少数是骑马，七十分走路，其余三十分左右则全靠坐那小船的来去。就是到如今，也总不会就变更多少。当我较大时，我就懂得要看苗官女儿长得好看的，除了这河码头上，再好没有地方了。

船之外，还有水面上漂的，是小小木筏。木筏同类又还有竹筏。筏比船，占面积较宽，载物似乎也多点。请你想，一个用山上长藤扎缚成就的浮在水面上走动的筏，上面坐的又全是一种苗人，这类人的女的头上帕子多比斗还大，戴三副有饭碗口大的耳环，穿的衣服是一种野蚕茧织成的峒锦，裙子上面多安钉银泡（如普通战士盔甲），大的脚，踢拖着花鞋，或竟穿用稻草制成的草履。男的苗兵苗勇用青色长竹撑动这筏时，这些公主郡主就锐声唱歌。君，这是一幅怎样动人的画啊！人的年龄不同观念亦随之而异，是的确，但这种又妩媚，又野蛮，别有风光的情形，我相信，直到我老了，遇着也能仍然具着童年的兴奋！望到这筏的走动，那简直是一种梦中的神迹！

我们还可以到那筏上去坐！一个苗酋长，对待少年体面一点的汉人，他有五十倍私塾先生和气。他的威风同他的尊严，不像一般人来用到小孩子头上。只要活泼点，他会请你用他的自用烟管（不消说我们却用不着这个），还请你吃他田地里公主自种的大生红薯，和甘蔗，和梨，完全把你当客一般看待，顺你心所欲！若有小酋长，就可以同到这小酋长认同年老庚。我疑心，必是所有教书先生的和气殷勤，全为这类人取去，所以塾中先生就如此特别可怕了。

从牲畜场上可以见到的小猪小牛小羊小狗，到此也全可以见到。别人是从这傍码头的船筏运来到岸上去卖，买的人多数又赖这样小船运回，各样好看的狗牛是全没有看厌时候！且到牲畜场上，别人在买牛买羊，有戴大牛角眼镜的经纪在旁，你不买牛就不能够随意扳它的小角，更谈不到骑。当这小牛小羊已为一个小酋长买好，牵到河边时，你去同他办交涉，说是得试试这新买的牛的脾气，你摩它也成，你戏它也成。

还有你想不想过河到对面河岸庙里去玩？若是想，那就更要从这码头上搭船了。对河的庙有狗，可不去，到这边，也就全可以见到。在这岸边玩，可望到对河的水车，大的有十床晒谷簟大，小的也总有四床模样。这水车，走到它身边去时，你不留心就会给它洒得一身全是水！车为水激动，还会叫，用来引水上高坎灌田，这东西也不会看厌！

我们到场上来，老实说，只待在这儿，就可过一天。不过同伴是做烟草生意的吴三义铺子里的少老板，他怕到这儿太久，会碰到他铺子里收买烟草的先生，就走开这船舶了。

"去，吃狗肉去！"那一个比我大四岁的吴少义，这样说。

"成。"这里还有一个便是他的弟，吴肖义。

吃狗肉，我有什么不成？一个少老板，照例每日得来的点心钱就比我应得的多三倍以上，何况约定下来是赶场，这高明哥哥，还偷得有二十枚铜元呢。我们就到狗肉场去了。

在吃狗肉时，不喝酒并不算一件丑事。不过通常是这样：得一面用筷子夹切成小块的狗肉在盐水辣子里打滚，一面拿起土苗碗来抿着包谷烧，这一来当然算内行了一点。

大的少义知道这本经，就说至少各人应喝一两酒。承认了。承认了结果是脸红头昏。

到我约有十四岁，我在沅州东乡怀化地方当兵时，我明白吃狗肉喝酒的真味道，且同辈中就有人以樊哙自居了。君，你既不曾逃过学，当然不曾明白逃学到乡场上吃狗肉的风味！

只是一两酒，我就不能照料我自己。我这吃酒是算第一次。各人既全是有一点飘飘然样子，就又拖手到鸡场上去看鸡。三人在卖小鸡场上转来转去玩，蹲到这里看，那里看，都觉得很好。卖鸡的人也多半是小孩同妇女。光看又不买，就逗他们笑，说是来赶场看鸡，并非买。这种嘲笑在我们心中生了影响。

"可恶的东西，他以为我们买不起！"

那就非买不可了。

小的鸡，正像才出窠不久，如我们拳头大小。全身的毛都像绒。颜色只黑黄两样，嘴巴也如此。公母还分不清楚。七只八只关在一个细篾圆笼子里啾啾地喊叫，大约是想它的娘！这小东西若是能让人抱到它睡，就永远不放手也成！

十多年后一个生鸡子，卖到十个当十的铜元，真吓人。当那时，我们花十四个铜子，把一群刚满月的小鸡（有五只呀）连笼也买到手了。钱由吴家兄弟出，约同到家时，他兄弟各有两只，各一黑一黄，我则拿那一只大嘴巴黑的。

把鸡买得我们着忙到家捧鸡去同别人的小鸡比武，想到回家了。我们用一枝细柴，作为杠，穿过鸡笼顶上的藤圈，三人中选出两人来担扛这宝物，且轮流交换，哪一个空手，哪一个就在前开道。互相笑闹说是这便是唐三藏取经，在前开道的是猪八戒。我们过了黄风洞，过了流沙河，过了烂柿山，过了……终于走到大雷音。天色是不早不迟，正是散学的时间。到这城，孙猴子等应当分手了。

这一天学逃得多么有意思——且得有一只小鸡呢。是公鸡，则过一阵便可以捉到街上去同人的鸡打；是母鸡，则会为我生鸡蛋。在这一只小鸡身上，我就做起无涯涘的梦来了。在手上的鸡，因了孤零零失了伴，就更吱吱啾啾叫，我并不以为讨厌。正因为这样，到街上走着，为一般小孩注意，我心上就非常受用！

看时间不早，我走到一个我所熟的土地堂去，向那庙主取我存放的书篮。书篮中宽绰有余，便可以容鸡。但我不，我把它握在手上好让人见到！

将要到家我心可跳了。万一今天四姨就到我家玩，我将说些什么？万一大姐今天往仓上去找表姐，这案也就犯上了。鸡还在手上，还在叫，先是对这鸡亲洽不过，这时又感到难于处置这小鸡了。把鸡丢了吧，当然办不到。拿鸡进门设若问到这鸡是从什么地方来，就说是吴家少老板相送的，但再盘问一句不会露出马脚么？我踌躇不知如何是好。一个八九岁的孩子作伪总不如十多岁人老练，且纵能日里掩过，梦中的呓语，也会一五一十数出这一日中的浪荡！

我在这时非常愿有一个熟人正去我家，我就同他一起回。有一个熟人在一块时，家中为款待这熟人，把我自然而然就放过去了。但在我家附近徘徊多久却失望了。在街上待着，设或遇到一个同学正放学从此处过，保不了到明天就去先生处张扬，更坏！

不回也不成。进了我家大门，我推开二门，先把小鸡从二门罅塞进去，探消息。这小鸡就放声大喊大叫跑向院中去。这一来，不进门，这鸡就会为其他大一点的鸡欺侮不堪！

姐在房中听到院中有小鸡叫声，出外看，我正掷书篮到一旁来追小鸡。

“哪得来这只小鸡？”

“瞧，这是吴少老板送我的！”

“妙极了。瞧，想它的娘呢。”

“可不是，叫了半天了啊。”

我们一同蹲在院中石地上欣赏这鸡，第一关已过，只差见妈了。

见了妈也很平常，不如我所设想的注意我行动，我就全放心，以为这次又脱了。

到晚上，是睡的时候了，还舍不得把鸡放到姐为我特备的纸盒子里去。爹忽回了家。第一个是喊我过去，我一听到就明白事情有八分不妙。喊过去，当然就搭讪着走过我家南边院子去！

“跪倒！”走过去不敢看爹脸上的颜色，就跪倒。爹像说了这一声以后，又不记起还要说些什么了，顾自去抽水烟袋。在往常，到爹这边书房来时节，爹在抽水烟就应当去吹煤子，以及帮他吹去那活动管子里的烟灰。如今变成阶下囚，不能说话了。

我能明白我自己的过错。我知道我父亲这时正在发我的气。我且揣测得出这时窗外站有两个姐同姑母奶娘等等在窗下悄听。父亲不作声，我却呜呜地哭了。

见我哭了一阵，父亲才笑笑地说：

“知道自己过错了么？”

“知道了。”

“那么小就学得逃学！逃学不碍事，你不愿念书，将来长大去当兵也成，但怎么就学得扯谎?"

父亲的声音，是在严肃中还和气到使我想抱到他摇，我想起我一肚子的巧辩却全无用处，又悔又恨我自己的行为，尤其是他说到逃学并不算要紧，只扯谎是大罪，我还有一肚子的谎不用! 我更伤心了。

"不准哭了，明白自己不对就去睡!"

在此时，在窗外的人，才接声说为父亲磕头认错，出来吧。打我也许使我好受点。我若这一次挨一点打，从怕字上着想，或者就不会再有第二次这样情形了。虽说父亲不打不骂，这样一来，我慢慢想起在小小良心上更不安，但一个小孩子有悔过良心，同时也就有玩的良心; 当想玩时则逃学，逃学玩够以后回家又再来悔过——从此起，我便用这方法度过我的学校生活了。

家中的关隘虽已过，还有学校方面在。我在临睡以前私下许了一个愿，若果这一次的逃学能不为先生知道，则今天得来这匹小鸡到长大时我就拿它来敬神。大约神嫌这鸡太小了，长大也不是一时的事，第二天上学，是由奶娘伴送，到仓上见到先生以后，犹自喜全无破绽。待一会儿，吴家两弟兄由其父亲送来，我晓得糟了。

我不敢去听吴老板同先生说的是什么话。到吴老板走去后，先生送客回来即把脸沉下，临时脸上变成打桐子的白露节天气。

"昨天哪几个逃学的都给我站到这一边来!"

先生说，照先生吩咐，吴家两兄弟就愁眉愁眼站过去，另外一个虽不同我们在一块也因逃学为家中送来的小孩也就站过去。

"还有呀!"他装作不单是喊我,我就顺便认为并不是唤我,仍不动声色。

"你们为我记记昨天还有谁不来?"这话则更毒。先生说了以后就有学生指我,我用眼睛去瞪他,他就羞羞怯怯做狡猾的笑。

"我家中有事。"口上虽是这样说,脸上则又为我说的话做一反证,我恨我这脸皮薄到这样不济事。但我又立时记起昨晚上父亲说的逃学罪名比扯谎为轻,就身不由己地走到吴肖义的下手站着了。

"你也有份吗?"姨爹还在故意恶作剧呀。

我大胆地期期艾艾说是正如先生所说的一样。先生笑说好爽快。

照规矩法办,到我头上我总有方法。我又在打主意了。

先命大吴自己搬板凳过来,向孔夫子磕头,认了错,爬到板凳上,打!大吴打时喊,哭,闹,打完以后又逞值价[1]做苦笑。

先生把大吴打完以后,就遣归原座,又发放另一个人。小吴在第三,先生的板子,轻得多,小吴虽然也喊着照例的喊声,打十板,就算了。这样就轮到我的头上来了。板子刚上身,我就喊;

"四姨呀!师母呀!打死人了!救!打死我了!"

救驾的原已在门背后,一跳就出来,板子为攫去。虽不打,我还是在喊。大家全笑了。先生本来没多气,这一来,倒真生气了。为四姨抢去的是一薄竹片子,先生乃把那梼木戒方捏着,扎实在我屁股上

---

[1] 逞值价:逞能耐。凤凰土语。

118

捶了十多下，使四姨要拦也拦不及。我痛极，就杀猪样乱挣狂号。本来设的好主意，想免打，因此倒挨了比别人还凶的板子，不是我所料得到的事！

到后我从小吴处，知道这次逃学是在场上给一个城里千总带兵察场见我们正在狗肉摊子上喝酒，回城告给我们两人的父亲。我就发誓愿说，将来在我长成大人时，一定要约人把这千总打一顿出气。不消说这千总以后也没有为我们打过，城里千总就有五六个，连姓名我们还分不清楚，知道是谁呀。

每日那种读死书，我真不能发现一丝一厘是一个健全活泼孩子所需要的事。我要玩，却比吃饭睡觉似乎还重要。父亲虽说不读书并不要紧，比扯谎总罪小点，但是他并不是能让我读一天书玩耍一天的父亲！间十天八天，在头一天又把书读得很熟，因此邀二姐做保驾臣，到父亲处去，说，明天请爹让我玩一天吧，那成。君，间十天八天，我办得到吗？一个月中玩十五天读十五天书，我还以为不足。把一个月腾出三天来玩，那我只好闷死了。天气既渐热，枇杷已黄熟，山上且多莓，到南华山去又可以爬到树上去饱吃樱桃，为了这天然欲望驱使，纵到后来家中学堂两边都以罚跪为惩治，我还是逃学！

因为同吴家兄弟逃学，我便学会劈甘蔗，认鸡种好坏，滚钱。同一个在河边开水碾子房的小子逃学，我又学会了钓鱼。同一个做小生意的大儿子逃学，我就把掷骰子呼么喝六学会了。

这不算是学问么，君？这些知识直到如今我并不忘记，比《孟子·离娄》用处怎样？我读一年书，还当不到我那次逃学到赶场，饱看河边苗人坐的小船以及一些竹木筏子印象深。并且你哪里能想到狗肉的味道？

也正因逃学不愿读书，我就真如父亲在发现我第一次逃学时所说的话，到五年后真当兵了。当兵对于我这性情并不坏。当了兵，我便得放纵地玩了。不过到如今，我是无学问的人，不拘到什么研究学术的机关去想念一点书，别人全不要。说是我没有资格，中学不毕业，无常识，无根底。这就是我在应当读书时节没有机会受教育所吃的亏。为这事我也非常痛心，又无法说我这时是应当读书且想读书的一人，因为现在教育制度不是使想读书的人随便可读书，所以高深的学问就只好和我绝缘，这就是我玩的坏的结果了。不懂得应当读书时旧的制度强迫我读书；到自己觉悟要读书时，新的制度又限制我把我除外（以前不怕挞，可逃学，这时有些学问，你纵有自学勇气，也不能在学校以外全懂）；我总好像同一切成规天然相反，我真为我命运莫名其妙了。

在另时，我将同你说我的赌博。

——一个退伍的兵的自述之一——

一九二七年十一月于北京窄而霉斋

☐ 我的小学教育

/ 木傀儡戏 /

二月八，土地菩萨生日，街头街尾，有的是戏！土地堂前头，只要剩下来约两丈宽窄的空地，闹台就可以打起来了。这类木傀儡戏，与其说是为娱乐土地一对老夫妇，不如说是为逗全街的孩子欢心为合适。别的功果，譬如说，单是用胡椒面也得三十斤的打大醮，捐钱时，大多都是论家中贫富为多少的；唯有土地戏，却由募捐首士清查你家小孩子多少。像我们家有五个姊妹的，虽然明知倒并不会比对门张家多谷多米，但是钱，总捐得格外多。不捐，那是不行的。小孩子看戏不看戏可不问。但若是你家中孩子比别人两倍多，出捐太少，在自己良心上说来，也不好意思。

戏虽在普通一般人家吃过早饭后才开场，很早很早，那个地方就会已为不知谁个打扫得干干净净了。唯有"土地堂前猪屎多"，在平时，猪之类，爱在土地堂前卸脱它的粪便，几乎是成了通例的。唱戏日，大家临时就懂了公德心，知道妨碍了看戏是大家所抱怨的，于是，这一天，就把猪关禁起来了。你若高兴，早早地站在自己门前，总可以见到戏箱子过去，押箱子的我们不要问就可以知道是"管班"。每一口箱子由两个挑水的人抬着，箱子上有各样好看的金红漆花，有钉子，有金纸剪就"黄金万两"连连牵牵的吉利字，一把大牛尾锁把一些木头人物关闭着。呵，想象到那些花脸，旦角，尤其是爱做笑样子的小丑，鼻子上一片白粉豆腐干似的贴着，短短的胡子……而它们，这时是一起睡在那一只大木箱子里，将要做些什么？真可念！我们又可以看到一批年老的伯娘婆婆，搬了凳子，预先去占座位的。做生意的，如像本街光和的米豆腐担子，包娘的酸萝卜篮子，也颇早地就去把地盘找就了。

饭吃了，一十六个大字，照例的每日功课，在一种毫不用心随随便便的举动下，用淡淡的墨水描到一张老连纸上后，所候的就是"过午"那三十枚制钱了。关于钱的用处，那是预先就得支配的。所有花费账单大致如下：

面（或饺子）一碗，十二文。

甘蔗一节，三文。

酸萝卜（或蒜苗），五文。

四喜的凉糕，四文。

老强母亲的膏粱甜酒，三文。

余三文做临时费。

凉糕，同膏粱甜酒，母亲于出门时，总有三次以上嘱咐不得买吃的，但倘若是并无其他相当代替东西时，这两样，仍然是不忍放弃的。有时可以把甘蔗钱移来买三颗大李子，吃了西瓜则不吃凉糕。倘若是剩钱，那又怎么办？钱一多，那就只好拿来放到那类投机事业上去碰了！向抽签的去抽糖罗汉，有时运气好，也得颇大的糖土地。又可以直接去换钱，去同人赌骰子，掷"三子侯"。钱用完时，人倦了，纵然戏正有趣，回家也是时候了。遇到看戏日，是日家中为敬土地的缘故，菜必格外丰富。"土地怎不每月有一个生日呢？"用一种奇怪的眼睛瞅着桌上陈列的白煮母鸡，问妈，妈却无反应。待到白煮鸡只剩下些脚掌肋巴骨时，戏台边又见到嘴边还抹油的我们了。

在镇筸，一个石头镶嵌就的圆城圈子里住下来的人，是苗人占三分之一，外来迁入汉人占三分之二混合居住的。虽然多数苗子还住在城外，但风俗，性质，是几乎可以说已彼此同锡与铅样，融合成一锅后，彼此都同化了。时间是一世纪以上，因此，近来有一类人，就是那类说来俨然像骂人似的，所谓"杂种"，就很多很多。起初由总兵营一带，或更近贵州一带苗乡进到城中的，我们当然可以从他走路的步法上也看得出这是"老庚"，纵然就把衣服全换。但要一个人，说出近来如吴家杨家这两族人究竟是属于哪一边，这是不容易也是不可能的！若果"苗女儿都特别美"，这一个例可以通过，我们就只好说凡是吴家杨家女儿美的就是苗人了。但这不消说是一个笑话。或者他们两家人，自己就无从认识他的祖宗。苗人们勇敢、好斗、朴质的行为，到近来乃形成了本地少年人一种普遍的德行。关于打架，少年人秉承了这种德行。每一天每一个晚间，除开落雨，每一条街上，都可以见到若干不上十二岁的小孩，徒手或执械，在街中心相殴相扑。这是实地练习，这是一种预备，一种为本街孩子光荣的预备！全街小孩子，恐怕是除非生了病，不在场的怕是无一个吧。他们把队伍分成两组，各由一较大的，较挨得起打的，头上有了成绩在孩子队中出过风头的，一个人在别处打了架回来为本街挣了面子的，领率统辖。统辖的称为官，在前清，这人是道台，是游击，到革命以后，城中有了团长旅长，于是他们衔头也随到改变了。我曾做过七回都督，六弟则做过民政长。都督的义务是为兄弟伙凑钱备打架的南竹片；利益，则行动不怕别人欺侮，到处看戏有人护卫而已。

晚上，大家无事，正好集合到衙门口坪坝上一类较宽敞地方，练习打筋斗，拿顶，倒转手来走路。或者，把由自己刮削得光生生的南竹片子拿在手上，选对子出来，学苗子打堡子时那样拼命。命固不必拼，但，互相攻击，除开头脸，心窝，"麻雀"，只在一些死肉上打下，可以炼磨成一个挨得起打的英雄好汉，那是事实吧。不愿用家伙的，所谓"文劲"，仍可以由都督，选出两队相等的小傻子来，把手拉斜抱了别个的身，垂下屁股，互相扭缠，同一条蛇样，到某一个先跌到地上时为止，又再换人。此类比赛，范围有限，所以大家就把手牵成一个大圈儿，让两人在圈中来玩。都督一声吆喝，两个牛劲就使出了。倒下而不愿再起的，算是败了。败者为胜利的作一个揖，表示投降，另一场便又可以起头。也有那类英雄，用腰带绑其一手，以一手同人来斗的，也有两人与一人斗的。总之，此种练习，以起疱为止，流血也不过凶，不然，胜利者也觉没趣，因为没一个同街的啼哭回家，则胜利者的光荣，早已全失去了。

这一街与另一街必得成仇，不然，孩子们便找不出实际显示功夫的一天！遇到某街某弄土地戏开场，他们就有的是乐了。先日相约下来，作个预备。行使通知的归都督，由都督下令团长去各家报告。各人自预备下应用的军器，这真是少不得的一件东西！固然，正式冲锋上，有由各方首领各选人才，出面单独角力用不着军器的时候，但，终少不了！少了军器，到说"各亮器械宽阔处去"时，恐怕气概就老不老早先馁下了。或是短短木棒，或是家中晒棉纱用的小竹筒，都可以。最好最正式的军器是"南竹块"。这东西，由一个小孩子打到另一小孩子身上时，任怎样有力，也不会大伤。且拿南竹片可以藏到袖中，孩子们学藤牌时，又可以充砍刀用，所以家中也不会禁止。缺少军器的可以到都督处去领取两枚小钱，到钱纸铺去，自己任意挑选。竹片在钱纸铺中，除了夹纸已成了废物，也幸有了这样一种销路，不然，会只有当柴烧了。

团长通知话语，大约如下：

"据探子报：△月△日，△△街，唱土地戏△天，兄弟们应各备器械，前往台边占据地盘。奋勇当先，各自为战，莫为本街出丑，是所望于大家！"

此出于侵略一方面，能具侵略胆量者，至少总有几位角色，且有联络或征服其他团体三个以上的力量才敢正式宣布，不然，戏纵要看，也只好悄悄地，老老实实地，站在远远的地方观望罢了。戏属本街呢，传话当为"△月△日，本街△段唱木人头戏，热闹非凡，凡我弟兄，俱应于闹台锣鼓打过以前，执械戎装到场，把守台边。莫为别地痞子欺侮，致令权利失去！其军械不齐又不先来都督处领取款子的。罚如律。"关于赏罚律，抄数则例示：

见敌远走者，罚钱一文。

被打起疱不哭哼者，赏钱一文。

在别处被二人以上围打不伤者，赏钱二文。

被人骂娘二句挑战不敢动手者，罚钱二文。

不是说到这一群小宝贝预约下来的事情么？在戏场开锣以前，空头唢呐还呜呜地吹时，本街的孩子们，三个五个，满面光辉，如生日是属于自己一样，吃得肚子饱饱的，迎上前去，就把戏台包围了。所谓台，可不是玩意儿，冠冕堂皇，真了不得呀。十多根如同臂膊大小的木杆竹竿，横七竖八地在一些麻绳子的束缚下绑好后

（远看正如一个立方体的灯笼架子），接着是用破破烂烂灰布青布帐篷一类套上去，照此一来，太阳可以不会再晒到鼓起嘴巴吹唢呐的老老秃顶了，一些木头傀儡也就很安静于一方阴影下老老实实休息着了。布篷套上后，已不再像灯笼架子，到后又得那类庙中用的幔子把打锣鼓一班人分隔到内房去，于是远远地看来，俨然也成了一个戏台模样。

把闹台过后，不久就是为某乡约，某保证，或是某老太太打加官的一套把戏。这真讨厌！在大戏台上，见到一个戴了面具，穿了红衣，随到"当当锵当当"的一起一落的步法走着，好久好久又才拿起那"加官赐福"或"一品当朝"的红布片子撒开一抖，已够腻人了，如今却由一个木头人再套上一个面具，也亏下面那个舞的人好意思！另一个人口中喊着为某老太太的加官呀，我们回过头去，只要选那人众中脸儿像猫的，必定就是她。她是快活极了，却不知我们都为她羞。不过，这加官打到自己家中的外祖母头上时，那便又当别论了，因为是这么一来，过午的钱，将因外祖母的高兴，把我们吃早饭时所预约下来的用费增加了。

有一类声音，是未经锣鼓敲打以前，就能听到的，就像：孥孥，你妈又怎不来！婆婆，又怎不把你的外孙也带来！代狗，这里要买盐葵花子！嫂嫂，这里有张空凳！……

又有一类声音，是锣鼓敲打以后，平息下来，歇了中台，始能听到的，就像：老肥，米豆腐三碗，热的，多辣子！面客，饺子多作醋！卖糕的，我不要这样的！……

到歇晚台时，一切声音就都为拖曳板凳的吱吱咯咯声音吞噬了。也有不少小孩子尖锐的呼声，突出此一片嘈杂的音海，但终于抑下了，深深地陷到这类烂泥样的吵嚷中了，全场板凳移动声像一批顶小的顶坏的边响炮仗往你耳边炸。

到末了，剩下三五个顽皮的不知足的小孩子，用一种研究态度，把手指头塞到口里去，权当丁丁糖吮着，很殷勤地看到戏子们把一个一个木傀儡安置到大箱中去，又看到戏台的皮剥去后，依然恢复那灯笼架子的神气，又看到小叫花子，徘徊于灰色葵花子壳中找寻他不意中的幸运，好像一枚当十铜元，一条手巾，一个仅只咬去一半的甜梨。

唱戏人，在布围子里地下走动着，把木傀儡从暗中伸举起来，至齐傀儡膝部自己手掌为度，若在台边看戏，利益就太多了。在台边，则一面可以看戏，一面还可见到那个唱戏的人，手中耍着木头人，口上哼哼唧唧，且极其可笑地做出俨乎其然的神气，走着戏上人物的步法。一个场面上是旦脚，如像夺阿斗的糜夫人，则耍木头人的那一位，脚步也扭扭捏捏，走动时也正同一个小脚女人样，真可笑极了。揎开布篷，便又可以见到那打锣的，在空闲时把塞到耳朵边正燃着纸煤子吸烟，吹唢呐的，嘴巴胀鼓鼓的，同含了什么两枚核桃之类，又正如杀猪志成吹猪脚那一种派头。台边前，不怕太阳晒，也是一个舒服处。还有一件顶讨便宜的事，就是随意去扳动那些脑后一颗钉挂在绳子上休息的傀儡时，戏子见到也从不呵斥！因为这中还有一个规矩，这规矩是戏在哪一街演唱时，则那一街的孩子，在大人们许可的法律中，成了戏台周围唯一的霸有者了。在霸有者所享有的权利有如此其多，当然给了其小孩若干强烈的诱惑。帝国主义者之侵略，既无从去禁止另一街为这诱惑已弄得心痒痒的之强项君子，因此一来，保护主权与野心家的战争，便随时都可以发生了。

败了，大家无声无息地退下，把救兵搬来时，又用力夺回。或保留此仇，待他日报复。胜了，所谓野心家，怀了失败的羞耻，也不再看别人街上唱的戏，都督带领弟兄，垂头丧气回家去，这耻辱也保留下来，等另一机会去了。为竞争存活起见，这之间用得着临时联邦政策。毗邻一街，若无深仇，则可合力排除强权，成功后，把帝国主义者打倒后，则让出戏台前地位三分之一来做携手御外侮的报酬。也有本街孩子极少，犹能抵抗外来之人侵略主权的，此则全赖本街中之大孩子。此类大孩子，当年亦必曾做统领，有名于全城，一切孩子们所敬服，又能持中不偏，才足以济。大孩子初不必帮同作战，或用别的力来相助，所要的是公理的执行。遇他方的孩子，行使侵略，来占戏台，本街小孩子诉苦于大孩子时，大孩子即做主人，再找一二好事喜斗之徒，为执行评证，使两街孩子，到离戏场较远，不致扰乱唱戏的空地方去，排队成列，各择一人，出面来殴扑，不准哭，不准喊，不准用铁器伤人，不准从旁帮忙。跌下的，若有力再战，仍可起身作第二次比赛。第一对胜败分明后，又选第二对，第三第四继其后，以尽本街小孩子为止。到后，总评其胜负。若本街实不敌，则让戏台之一面或两面，作媾和割地议；若胜，则对方虽人多，亦不必退缩。因较大之公证人在旁，败者亦只好携手跑去，再不好意思看戏了。要报仇么？下次有的是机会，横顺土地戏是这里那里直要唱二个月以上的，并且土地戏以外也不是无时间。

在打架时，是会要影响到戏的演奏么？我才说到，那请放心，绝不会到那样！他们约下来，在解决以前，是不能靠近目的地的。人人都是那样文明，混战独战总得到大田坪里，或有沙土地方去。大坪坝空阔，平顺，免得误打别的老实小孩们，敌不过而又不甘认败的，且可以在田坪中小跑，如鸡溜头时一样。至于沙子地方，则纵跌猛地摔倒时，不至把身子跌伤，且衣服脏了也容易干净。也不知是有意还是自然哩，在城中，一块大坪，沙子软软的同棉絮样的地方，就很多！不论它是如何，孩子们，会选地方打架，那是用不着夸张也用不着隐饰的了。

不光是看戏。正月，到小教场去看迎春；三月间，去到城头放风筝；五月，看划船；六月，上山捉蛐蛐，下河洗澡；七月，烧包；八月，看月；九月，登高；十月，打陀螺；十二月，扛三牲盘子上庙敬神；平常日子，上学，买菜，请客，送丧，你若是一个人，又不同你妈，又不同你爸，你又是结下了许多仇的一个人，那真危险！你一出街头，就得准备，起疱是最小的礼物，你至少应准备接受比起疱分量还重一点的东西。闪不知，一个人会从你身边擦过去，那个手拐子，凶凶的，一下就会撞你倒地做个饿狗抢屎的姿势！来撞你的总不止一人。他们无非也是上学，买菜，一类家中职务。他若是一人，明知不是你对手，远远地他见你来，早拔脚跑了。但可以欺的，他总不会轻轻放过。他们都是为人欺苦够了的人，时时想到报复，想到把自己仇人踹到泥里头去。对仇人，没有可报复的方法时，则到处找更其怯弱的人来出气。他们见了你时，有意无意地，走过你的身边，装装自己爸爸夜里吃多了酒的醉模样，口中哼哼唧唧，把手撑到腰间，故意将拐子作了力来触撞你软地方。撞了你后，且呼呼地用鼻子说着："怎么，撞人呀！"不理是为一个不愿眼前吃亏的上策。忍不住时，抬起头去，两人目光一相接，那他便更其调皮起来！他将对你不客气地笑，这笑中，你可以省得他所有的轻蔑来。或者，他更近一步，拢到你身边来，扬起捏着的拳，恐吓似的很快地轻轻落到你背上。你不作声，还是低了头在走，那第二步的撩逗又出来了。他将把脚步拖缓下来，待你刚要走近他身边时，笑笑的脸相，充满难堪的恶意，故意若才见到你的神气："噢，我道是谁呀！若高兴打架，就请把篮子放下吧。"这只能心里说打架是不高兴的事。虽然在另一个地方，你明知这人是不敢多事的，但如今是到了他的大门左右，一声喊，帮忙的来打狗扑羊的不知就有许多，所以"狗仗屋前"的他，便分外威风起来了。挑战的话大致不外后五种，录下以见一斑：

1 肏他妈，谁爱打架就来呀！

2 卖屁股的，慢走一点，大家上笔架城去！

3 哪个是大脚色，我卵也不信，今天试试！

4 大家来看！这里来一个小鬼！

5 小旦脚，小旦脚，听不真么，我是说你呀！

骂，让他点吧，眼前亏好汉是不吃的。你一回嘴，情形准糟。欺凌过路人，这是多数方面一种固有权利，这权利也正如官家拦路抽税样：同是不合理，同是被刻薄，而又应当忍受之事；不然，也许损失还大。并且，此事在你自己，或者先时于你街上，就已把这税收得，这时不过是退一笔不要利息的借款罢了。

关于两街中也有这么一条，"不欺单身上学孩子"，但这义务，这国际公德，也看都督的脚色而定，若都督不行，那是无从勒弟兄们遵守的。

木傀儡戏中常有两个小丑，用头相碰，揉作一团的戏，因此，孩子们争斗中，也有了一派，专用头同人相碰。但这一派属于硬劲一流，胜利的仍然有同样的吃亏，所以人数总不多，到后来，简直就把这门战略勾除了。

一九二六年八月十日作完。北京

□ 炉　边

四个人，围着火盆烤手。

妈，同我，同九妹，同六弟，就是那么四个人。八点了吧，街上那个卖春卷的嘶了个嗓子，大声大气嚷着，已过了两次了。关于睡，我们总以九妹为中心，自己属于被人支配一类。见到她低下头去，伏在妈膝上时，我们就不待命令，也不要再抱希望，叫春秀丫头做伴，送到对面大房去睡了。所谓我们，当然就是说我同六弟两人。

平常八点至九点，九妹是任怎样高兴，也必支持不来了。但先时预备了消夜的东西时，却又当别论。把燕窝尖子放到粥里去，我们就吃燕窝粥，把莲子放进去，我们于是又吃莲子稀饭了。虽然是所下的燕窝并不怎样多，我们总是那样说，我同六弟不拘谁一个人的量，都敌得过九妹同妈两人。但妈的说法，总是九妹饿了，为九妹煮一点消夜的东西吧。名义上，我们是托九妹的福的，因此我们都愿九妹每天晚饭吃不饱，好到夜来嚷饿，我们一同沾光。我们又异常聪明，若对消夜先有了把握，则晚饭那一顿就老早留下肚子，这事大概从不为妈注意及，但九妹却瞒不过。

"娘，为老九煮一点稀饭吧。"

倘若六弟的提议不见妈否决，于是我就耀武扬威催促春秀丫头："春秀！为九小姐同我们煮稀饭，加莲子，快！"

有时，妈也会说没有糖了，或是今夜太饱了，"老九哪会饿呢？"遇到这种运气坏的日子，我们也只好准备着睡，没有他法。

"九妹，你说饿了，要煮鸽子蛋吃吧。"

"我不！"

"为我们说，明天我为你到老端处去买一个大金陀螺。"

"……"

背了妈，很轻地同九妹说，要她为我们说谎一次，好吃同冰糖白煮的鸽子蛋也有过。这事总是顶坏的我（妈是这样批评我的）教唆六弟，要六弟去说，用金陀螺为贿。九妹的陀螺正值坏时，于是也就慨然答应了。把鸽子蛋吃后，金陀螺还只在口上，让九妹去怨也全然不理，在当时，反觉得出的主意并不算坏。但在另一次另一种事上，待到六弟把话说完时，她也会到妈身边去，扳了妈的头，把嘴放在妈耳朵边，唧唧说着我们的计划。在那时，想用贿去收买九妹的我们，除了哭着嚷着分辩着，说是自己并没有同九妹说过什么话外，也只有脸红。结果是出我们意料以外，妈仍然照我们的希望，把吃的叫春秀去办。如此看来，妈以前所说全是为妹的话，又显然是在哄九妹了。

然而九妹在家中因为一人独小而得到全家——尤其是母亲加倍的爱怜，也是真事。因了母亲的专私的爱，三姨也笑过我们了。而令我们不服的，是外祖母常向许多姨娘说我们并不可爱。

此次又是在一次消夜的期待中。把日里剩下的鸭子肉汤煮鸭肉粥，听到春秀丫头把一双筷子唏哩活落在外面铜锅子里搅和，似乎又闻到一点香气，妈怕我们伤风不准我们出去视察，六弟是在火盆边急得要不得了。

"春秀。还不好么？"盛气地问那丫头。

"不呢。"

"你莫打盹，让它起锅巴！"

"不呢。"

"快扇一扇火，会是火熄了，才那么慢！"

"不呢，我扇着！"

六弟到无可奈何时，乘到九妹的不注意，就把她手上那一本初等字课抢到手，琅琅地像是要在妈面前显一手本事的样子，大声念起来了。

"娘，我都背得呢，你看我闭上眼睛吧。"眼睛是果真闭上了，但到第五课"狼，野狗也——"就把眼睛睁开了。

"说大话的！二哥你为我把书拿在手上，我来背。"九妹是接着又琅琅地背诵起来。

大门前，卖面的正敲着竹梆梆，口上喊着各样惊心动魄的口号，在那里引诱人。我们只要从梆梆声中就早知道这人是有名的何二了。那是卖饺子的；也卖面，在城里却以饺子著名。三个铜元，则可以又有饺子又有面，得吃凤牌湘潭酱油。他的油辣子也极好。大姐每一次从学校回来，总是吃不要汤的加辣子干挑饺子。因为妈的禁止，我们却只能用眼睛去看。

那何二，照例挨了一会儿，又把担子扛起，一路敲打着梆梆，往南门坨方面去了，嚷着的声音是渐渐小下来，到后便只余那虽然很小还是清脆分明的柝声。

大门前，因为宽敞，一些卖小吃的，到门前休息便成了例子。日里是不消说。还有那类在一把无大不大的"遮阳伞王"（那是老九取的名）下头炸油条糯米糍的。到夜间呢，还是可以时时刻刻听得一个什么担子过路停下的知会，锣呀，梆梆呀，单是口号呀，少有休息。这类声音，在我们听来是难受极了。每一种声音下都附有一个足以使我们流涎的食物，且在习惯中我们从各样不同的知会中又分出食物的种类。听到这类声音，我们觉得难受，不听到又感到寂寞。最令人兴奋的是大姐礼拜六回家，有了她，我们消夜的东西，差不多是每一种从门前过去的都可以尝试。

何二去后不久，一个敲小锣卖丁丁糖的又在门前休息了。我知道，这锣的大小，是正如我那面小圆砚池，是用一根红绳子挂在手上那么随随便便敲着的。许是有人在那里抽了签吧，锣声停下来，就听到一把竹签子在筒内搅动的响声了。又听到说话，但不很清楚。那卖糖的是一个别处地方人，譬如说，湖北的吧。因为常听他说"你哪家"；只有湖北人口上离不得"你哪家"，那是从久到武昌的陈老板的说话就早知道了。在他来此以前，我似乎还不曾见过像那样敲着小锣落雨天晴都是满街满巷走着的卖糖的人。顶特别的是他休息到什么地方时，把一个独脚凳塞到屁股底下去坐，就悠悠扬扬打起那面小锣来了。我们因为欣赏那张特别有趣的独脚凳，白天一听当当的响声，就争着跑出去。六弟还有一次要他让自己坐坐看，我们奇怪它怎么不会倒，也想自己有那么一张，每天让我们坐着吃饭玩，还可以扛到三姨家去送五姐她们看。

大的木方盘内，分划成了许多区。每一区陈列糖一种。有的颜色式样虽相同味道却两样，有的样子不一样味道却又相同。有用红绿色纸包成三角形小包的薄荷糖，吃来是又凉又甜的。有成片的姜糖，味道微辣。圆的同三角形的各种果子糖，大的十枚五枚，小的两枚一枚。藕糖就真像小藕，有孔有节。红的同真红椒一般大的辣子糖，可以把尖端同蒂咬去，当牛角吹。茄子糖则比真茄子小了许多，但颜色同形式都同，把茶倾到茄子中空处再倒到口里去也很甜。还有用模子做成的糖菩萨：顶小的同一个拇指那么大，大的如执鞭的财神、大肚罗汉，则一斤糖还不够做一个。那湖北人，把菩萨安放在盘子正中，各样糖同小菩萨，则四围绕着陈列。大菩萨之间，又放了一个小瓶子，有四季花同云之类画在瓶上。瓶子中，按时插上月季、兰、石榴、茶花、菊、梅以及各样应时的草花。袁小楼警察所长卸事后，于是极其大方地把抽糖的签筒也拿出来了。签从一点到六点各六根，把这六六三十六根竹签管束在一个外用黄铜皮包裹描金髹过的小竹筒内。"过五关"的抽法是一个小钱只能得小菩萨一名。若用铜元，若过了三次五关以后，胜利还是属于自己，则供着在盘子正中手里鞭子高高举着的那位财神爷就归自己所有了。三次五关都顺顺当当过去，这似乎是很难；但每天那湖北人回家时那一对大财神总不能一同回家，似乎是又并不怎样不容易了。

等了一会儿，外面的签筒还在搅动。

六弟是早把神魂飞出大门傍到那盘子边去了。

我说："老九，你听！"我是知道九妹衣兜里还有四十多枚小钱的。

其实九妹也正是张了耳朵在听。

"去吧。"九妹用目答应我。

她把手去前衣兜里抓她的财产，又看着母亲老实温驯地说："娘，我去买点薄荷糖吃吧！"

"他们想吃了，莫听他们的话。"

"我又不抽签。"九妹很伶便地分解，都知道妈怕我们去抽签。

"那等一会儿粥又不能吃了！"

本来并不想到糖吃的九妹，经母亲一说，在衣兜里抓数着钱的那只手是极自然地取出来了。

妈又说必是六生的怂恿。这当然是太冤屈六弟了。六弟就忙着分辩，说是自己正想到别的事，连话也不讲，说是他，那真冤枉极了。

六弟说正想到别的事，也是诚然。他想到许多事情出奇地凶……

那位像活的生了长胡子横骑着老虎的财神爷怎么内部是空的？那大肚子罗汉怎么同卖糖的杨怒山竟一个样的胖实！那个花瓶为什么必得四名小菩萨围绕？

签筒声停止后，那当当当漂亮的锣声便又响着了。

这样不到二十声，就会把独脚凳收起来，将盘子顶到头上，也用不着手扶，一面高兴打着锣走向道门口去吧。到道门口后，把顶上的木盘放下，于是一群嘴边正抹满了包家娘醋萝卜碗里辣子水的小孩，就蜂子样飞了过来围着，胡乱地投着钱，吵着骂着，乘了胜利，把盘子中的若干名大小菩萨一齐搬走。眼看到菩萨随到小孩子走尽后，于是又把独脚凳收起，心中装了欢喜，盘中装了钱，用快步的跑转家去吧。回家大约还得把明天待用的各样糖配齐，财神重新再做，小菩萨也补足五百数目，到三更以后始能上床去睡……为那糖客设想着，又为那糖客担心着财神的失去，还极其无意思地睢视着又羡企着那群快要二炮了还不归家去的放浪孩子，糖客是当真收起独脚凳走去了。

"那丁丁糖已经过道门口去了！"六弟嗒然地说。

"每夜都是这时来。"我接着说。

"娘，那是一个湖北佬，不论见到了谁个小孩子都是'你哪家'的，正像陈老板娘的老板，我讨厌他那种恭敬，"九妹从我手上把那本字课抢过手去，"娘，这书里也画得有个卖糖的人呢。"

妈没有作声。

湖北佬真是走了。在鸭子粥没有到口以前，我们都觉得寂寞。

■ 玫瑰与九妹

大哥从学堂归来时，手上拿了一大束有刺的青绿树枝。

"妈，我从萧家讨得玫瑰花来了。"

大哥高兴的神气，像捡得"八宝精"似的。

"不知大哥到哪个地方找得这些刺条子来，却还来扯谎妈是玫瑰花，"九妹说，"妈，你莫要信他话！"

"你不信不要紧。到明年子四月间开出各种花时，我可不准你戴……还有好吃的玫瑰糖。"大哥见九妹不相信，故意这样逗她。说到玫瑰花时，又把手上那一束青绿刺条子举了一举——像大朵大朵的绯红玫瑰花已满缀在枝上，而立即就可以摘下来做玫瑰糖似的！

"谁稀罕你的，我顾自不会跑到三姨家去摘吗！妈，是吧?"

"是！我宝宝不有几多，会稀罕他的?"

妈虽说是顺到九妹的话，但这原是她要大哥到萧家讨的，是以又要我去帮大哥的忙：

"芸儿去帮大哥的忙，把那蓝花六角形钵子的鸡冠花拔出不要了，就用那四个钵子分栽。剩下的把插到花坛海棠边去。"

大哥在九妹脸上轻轻地刮了一下，就走到院中去了。娇纵的小九妹气得两脚乱跳，非要走出去报复一下不可。但给妈扯住了。

"乖崽，让他一次就是了！我们夜里煮鸽子蛋吃，莫分他……那你打妈一下好吧。"

"妈讨厌！专卫护大哥！他有理无理打了人家一个耳巴子，难道就算了？"

妈把九妹正在眼睛角边干擦的小手放到自己脸上拍了几下，九妹又笑了。

大哥这一刮，自然是为的报复九妹多嘴的仇。

满院坝散着红墨色土沙，有些细小的红色曲蟮四处乱爬着。几只小鸡在那里用脚乱扒，赶了去又复拢来。大哥卷起两只衣袖筒，拿了外祖母剪麻绳那把方头大剪刀，把玫瑰枝条一律剪成一尺多长短。又把剪处各粘上一片糯泥巴，说是免得走气。

"老二，这一共是三种（大哥用手指点），这是红的，这是水红，这是大红，那种是白的。是栽成各自一钵好呢，还是混合起栽好——你说？"

"打伙儿栽好玩点。开花时也必定更热闹有趣……大哥，怎么又不将那种黄色镶边的弄来呢？"

"那种难活，萧子敬说不容易插，到分株时答应分给我两钵……

好，依你办，打伙儿栽好玩点。"

我们把钵子的底各放了一片小瓦，才将新泥放下。大哥扶着枝条，待我把泥土堆到与钵口齐平时，大哥才敢松手，又用手筑实一下，洒了点水，然后放到花架子上去。

每钵的枝条均有十根左右，花坛上，却只插了三根。

就中最关心花发育的自然要数大哥了。他时时去看视，间或又背到妈偷悄儿拔出钵中小的枝条来验看是否生了根须。妈也能记到每早上拿着那把白铁喷壶去洒水。当小小的翠绿叶片从枝条上嫩杈丫间长出时，大家都觉得极高兴。

"妈，妈，玫瑰有许多苞了！有个大点的尖尖上已红。往天我们总不去注意过它，还以为今年不会开花呢。"

六弟发狂似的高兴，跑到妈床边来说。九妹还刚睡醒，正搂着妈手臂说笑，听见了，忙要挣着起来，催妈帮她穿衣。

她连袜子也不及穿，披着那一头黄发，便同六弟站在那蓝花钵子边旁数化苞了。

"妈，第一个钵子有七个，第二个钵子有二十几个，第三个钵子有十七个，第四个钵子有三个；六哥说第四个是不大向阳，但它叶子却又分外多分外绿。花坛上六哥不准我爬上去，他说有十几个。"

当妈为九妹在窗下梳理头上那一脑壳黄头发时，九妹便把刚才同六弟所数的花苞数目告妈。

没有作声的妈，大概又想到去年秋天栽花的大哥身上去了。

当第一朵水红的玫瑰在第二个钵子上开放时，九妹记着妈的教训，连洗衣的张嫂进屋时见到刚要想用手去抚摩一下，也为她"嘿！不准抓呀！张嫂"忙制止着了。以后花越开越多，九妹同六弟两人每早上都各争先起床跑到花钵边去数夜来新开的花朵有多少。九妹还时常一人站立在花钵边对着那深红浅红的花朵微笑，像花也正觑着她微笑的样子。

花坛上大概是土多一点吧。虽只三四个枝条，开的花却不次于钵头中的。并且花也似乎更大一点。不久，接近檐下那一钵子也开得满身满体了，而新的苞还是继续从各枝条嫩芽中苗壮。

屋里似乎比往年热闹一点。

凡到我家来玩的人，都说这花各种颜色开在一个钵子内，真是错杂得好看。同大姐同学的一些女学生到我家来看花时，也都夸奖这花有趣。三姨并且说，比她花园里的开得茂盛得远。

妈因为爱惜，从不忍摘一朵下来给人，因此，谢落了的，不久便都各于它的蒂上长了一个小绿果子。妈又要我写信去告在长沙读书的大哥，信封里九妹附上了十多片谢落下的玫瑰花瓣。

那年的玫瑰糖呢，还是九妹到三姨家里摘了一大篮单瓣玫瑰做的。

一九二五年十一月于北京窄而霉小斋

□ 往　事

这事说来又是十多年了。

算来我是六岁。因为第二次我见到长子四叔时，他那条有趣的辫子就不见了。

那是夏天秋天之间。我仿佛还没有上过学。妈因怕我到外面同瑞龙他们玩时又打架，或是乱吃东西，每天都要靠到她身边坐着，除了吃晚饭后洗完澡同大哥各人拿五个小钱到道门口[1]去买士元的凉粉外，剩下便都不准出去了！至于为甚又能吃凉粉，那大概是妈知道士元凉粉是玫瑰糖，不至吃后生病吧。本来那时的时疫也真凶，听瑞龙妈说，杨老六一家四口人，从十五得病，不到三天便都死了！

我们是在堂屋背后那小天井内席子上坐着的。妈为我从一个小黑洋铁箱子内取出一束一束方块儿字来念，她便膝头上搁着一个麻篮绩

―――――――――

[1] 道门口：清代辰沅永靖兵备道道台衙门外空坪处。与沈家隔得很近。

麻。弄子里跑来的风又凉又软，很易引人瞌睡，当我倒在席子上时，妈总每每停了她的工作，为我拿蒲扇来赶那些专爱停留在人脸上的饭蚊子。间或有个时候妈也会睡觉，必到大哥从学校夹着书包回来嚷肚子饿时才醒，那么，夜饭必定便又要晚一点了！

爹好像到乡下江家坪老屋去了好久了，有天忽然要四叔来接我们。接的意思四叔也不大清楚，大概也就是闻到城里时疫的事情吧。妈也不说什么，她知道大姐二姐都在乡里，我自然有她们料理。只嘱咐了四叔不准大哥到乡下溪里去洗澡。因大哥前几天回来略晚，妈摩他小辫子还湿漉漉的，知他必是同几个同学到大河里洗过澡了，还重重地打了他一顿呢。四叔是一个长子，人又不大肥，但很精壮。妈常说这是会走路的人。铜仁到我凤凰是一百二十里蛮路，他能扛六十斤担子一早动身，不抹黑就到了，这怎么不算狠！他到了家时，便忙自去厨房烧水洗脚。那夜我们吃的夜饭菜是南瓜炒牛肉。

妈捡菜劝他时，他又选出无辣子的牛肉放到我碗里。真是好四叔嗬！

那时人真小，我同大哥还是各人坐在一只箩筐里为四叔担去的！大哥虽大我五六岁，但在四叔肩上似乎并不什么不匀称。乡下隔城有四十多里，妈怕太阳把我们晒出病来，所以我们天刚一发白就动身，到行有一半的唐峒山时，太阳还才红红的。到了山顶，四叔把我们抱出来各人放了一泡尿，我们便都坐在一株大刺栎树下歇憩。那树的权丫上搁了无数小石头，树左边又有一个石头堆成的小屋子。四叔为我们解说，小屋子是山神土地，为赶山打野猪人设的；树上石头是寄倦的；凡是走长路的人，只要放一个石头到树上，便不倦了。但大哥问他为甚不也放一个石子时，他却不作声。

他那条辫子细而长正同他身子一样。本来是挽放头上后再加上草帽的，不知是那辫子长了呢还是他太随意，总是动不动又掉下来，当我是在他背后那头时，辫子梢梢便时时在我头上晃。

"芸儿，莫闹！扯着我不好走！"

我伸出手扯着他辫子只是拽，他总是和和气气这样说。

"四满[1]，到了？"大哥很着急地这么问。

"快了，快了，快了！芸弟都不急，你怎么这样慌？你看我跑！"他略略把脚步放快一点，大哥便又嚷摇得头痛了。

他一路笑大哥不济。

到时，爹正同姨婆五叔四婶他们在院中土坪上各坐在一条小凳上说话。姨婆有两年不见我了，抱了我亲了又亲。爹又问我们饿了不曾，其实我们到路上吃甜酒、米豆腐已吃胀了。上灯时，方见大姐二姐大姑满姑[2]各人手上提了一捆地萝卜进来。

我夜里便同大姐等到姨婆房里睡。

乡里有趣多了！既不什么很热，夜里蚊子也很少。大姐到久一

---

[1] 四满：乡人呼叔叔为满满。
[2] 满姑：满姑乃最小之姑母。

点，似乎各样事情都熟习，第二天一早便引我去羊栏边看睡着比猫还小的白羊，牛栏里正歪起颈项在吃奶的牛儿。我们又到竹园中去看竹子。那时觉得竹子实在是一种很奇怪的东西。本来城里的竹子，通常大到屠桌边卖肉做钱筒的已算出奇了！但后园里那些南竹，大姐教我去试抱一下时，两手竟不能相掺。满姑又偷偷地到园坎上摘了十多个桃子。接着我们便跑到大门外溪沟边上拾得一衣兜花蚌壳。

事事都感到新奇：譬如五叔喂的那十多只白鸭子，它们会一翅从塘坎上飞过溪沟。夜里四叔他们到溪里去照鱼时，却不用什么网，单拿个火把，拿把镰刀。姨婆喂有七八只野鸡，能飞上屋，也能上树，却不飞去；并且，只要你拿一捧包谷米在手，口中略略一逗，它们便争先恐后地到你身边来了。什么事情都有味。我们白天便跑到附近村子里去玩，晚上总是同坐在院中听姨婆学打野猪打獾子的故事。姨婆真好，我们上床时，她还每每为从大油坛里取出炒米、栗子同脆酥酥的豆子给我们吃！

后园坎上那桃子已透熟了，满姑一天总为我们去偷几次。爹又不大出来，四叔五叔又从不说话，间或碰到姨婆见了时，也不过笑笑地说：

"小娥，你又忘记嚷肚子痛了！真不听讲——芸儿，莫听你满姑的话，吃多了要坏肚子！拿把我，不然晚上又吃不得鸡膊腿了！"

乡里去有场集的地方似乎并不很近，而小小村中除每五天逢一六赶场外通常都无肉卖。因此，我们几乎天天吃鸡，唯我一人年小，鸡的大腿便时时归我。

　　我们最爱看又怕看的是溪南头那坝上小碾房的磨石同自动的水车；碾房是五叔在料理。那圆圆的磨石，固定在一株木桩上只是转只是转。五叔像个卖灰的人，满身是糠皮，只是在旋转不息的磨石间拿扫把扫那跑出碾槽外的谷米。他似乎并不着一点忙，磨石走到他跟前时一跳又让过磨石了。我们为他着急又佩服他胆子大。水车也有味，是一些七长八短的竹篙子扎成的。它的用处就是在灌水到比溪身还高的田面。大的有些比屋子还大，小的也还有一床晒簟大小。它们接接连连竖立在大路近旁，为溪沟里急水冲着快快地转动，有些还咿哩咿哩发出怪难听的喊声，由车旁竹筒中运水倒到悬空的枧[1]上去。它的怕人就是筒子里水间或溢出枧外时，那水便砰地倒到路上了，你稍不措意，衣服便打得透湿。我们远远地立着看行路人抱着头冲过去时那样子好笑。满姑虽只大我四岁，但看惯了，她却敢在下面走来走去。大姐同大姑，则知道那个车子溢出后便是那一个接脚，不消说是不怕水淋了！只我同大哥二姐，却无论如何不敢去尝试。

---

[1] 枧：剡木以引水之物。

□ 夜　渔

　　这已是谷子上仓的时候了。

　　年成的丰收，把茂林家中似乎弄得格外热闹了一点。在一天夜饭桌上，坐着他四叔两口子，五叔两口子，姨婆，碧霞姑妈同小娥姑妈，以及他爹爹；他在姨婆与五婶之间坐着，穿着件紫色纺绸汗衫。中年妇人的姨婆，时时停了她的筷子为他扇背。茂儿小小的圆背膊已有了两团湿痕。

　　桌子上有一大钵鸡肉，一碗满是辣子拌着的牛肉，一碗南瓜，一碗酸粉辣子，一小碟酱油辣子；五叔正夹了一只鸡翅膀放到碟子里去。

　　"茂儿，今夜敢同我去守碾房吧?"

　　"去，去，我不怕! 我敢!"

　　他不待爹的许可就忙答应了。

　　爹刚放下碗，口里含着那支"京八寸"小潮丝烟管，呼地喷了一口烟气，不说什么。那烟气成一个小圈，往上面消失了。

他知道碾子上的床是在碾房楼上的，在近床边还有一个小小窗口。从窗口边可以见到村子里大院坝中那株夭矫矗立的大松树尖端，又可以见到田家寨那座灰色石碉楼。看牛的小张，原是住在碾房；会做打笼装套捕捉偷鸡的黄鼠狼，又曾用大茶树为他削成过一个两头尖的线子陀螺[1]他刚才又还听到五叔说溪沟里有人放堰，碾坝上夜夜有鱼上罾了……所以提到碾房时，茂儿便非常高兴。

当五叔同他说到去守碾房时，他身子似乎早已在那飞转的磨石边站着了。

"五叔，那要什么时候才去呢？……我不要这个。……吃了饭就去吧？"

他靠着桌边站着，低着头，一面把两只黑色筷子在那画有四个囍字的小红花碗里"要扬不紧"[2]地扒饭进口里去。左手边中年妇人的姨婆，捡了一个鸡肚子朝到他碗里一掼。

"茂儿，这个好呢。"

"我不要。那是碧霞姑妈洗的……不干净，还有——糠皮儿……"他说到糠字时，看了他爹一眼。

"你也是吃饱了！糠皮儿在哪里？……不要，就送把我吧。"

---

[1] 线子陀螺：陀螺如竹木纺车所纺出的线绽，故名。
[2] "要扬不紧"：不专心，懒懒的，应快而慢。凤凰土语。

"真的，不要就送把你姑妈。我帮你泡汤吃。"五婶说。

茂儿把鸡肚子一扔丢到碧霞碗里去。他五婶却从他手里抢过碗去倒了大半碗鸡汤。但到后依然还是他姨婆为他把剩下的半碗饭吃完。

天上的彩霞，做出各样惊人的变化。满天通黄，像一块其大无比的金黄锦缎；倏而又变成淡淡的银红色，稀薄到像一层蒙新娘子粉脸的面纱；倏而又成了许多碎锦似的杂色小片，随着淡宕的微风向天尽头跑去。

他们照往日样，各据着一条矮板凳，坐在院坝中说笑。

茂儿搬过自己那张小小竹椅子，紧紧地傍着五叔身边坐下。

"茂儿，来！让我帮你摩一下肚子——不然，半夜会又要嚷肚子痛。"

"不，我不胀！姨婆。"

"你看你那样子。……不好好推一下，会伤食。"

"不得。（他又轻轻地挨五叔）五叔，我们去吧！不然夜了。"

"小孩子怎不听话？"

姨婆那副和气样子养成了他顽皮娇恣的性习；不管姨婆如何说法，他总不愿离开五叔身边。到后还是五叔用"你不听姨婆话就不同你往碾房……"为条件，他才忙跑到姨婆身边去。

"您要快一点！"

"噢！这才是乖崽！"姨婆看着茂儿胀得圆圆的像一面小鼓的肚子，用大指蘸着唾沫；在他肚皮上一推一赶，口里轻轻哼着："推食赶食……你自己瞧看，肚子胀到什么样子了，还说不要紧！……今夜太吃多了。推食赶食……莫挣！慌什么，再推几下就好了。……推食赶食……"

"姨婆，算了吧！你那手指甲刮得人家肚皮痒痒的，怪难受。"她又把那左手留有一寸多长的灰色指甲翘起，他可不好再说话了。

院坝中坐着的人面目渐渐模糊，天空由曙光般淡白而近于黑暗……只日影没处剩下一撮深紫了。一切皆渐次消失在夜的帷幕下。

在四围如雨的虫声中，谈话的声音已抑下了许多了。

凉气逼人，微飔拂面，这足证明残暑已退，秋已将来到人间了。茂儿同他五叔，慢慢地在一带长蛇般黄土田塍上走着。在那远山脚边，黄昏的紫雾迷漫着，似乎雾的本身在流动又似乎将一切流动。天空的月还很小，敌不过它身前后左右的大星星光明。田塍两旁已割尽了禾苗的稻田里，还留着短短的白色根株。田中打禾后剩下的稻草，堆成大垛大垛，如同一间一间小屋。身前后左右一片繁密而细碎的虫声，如一队音乐师奏着庄严凄清的秋夜之曲。金铃子的"叮……"像小铜钲般清越，尤其使人沉醉。经行处，间或还听到路旁草间小生物的窸窣。

"五叔，路上莫有蛇吧？"

"怕什么。我可以为你捉一条来玩，它是不会咬人的。"

"那我又听说乌梢公同烙铁头（皆蛇名）一咬人便准毒死。这个小张以前曾同我说过。"

"这大路哪来乌梢公？你怕，我就背你走吧。"

他又伏在他五叔背上了。然而夜枭的喊声，时时像一个人在他背后咳嗽；依然使他不安。

"五叔，我来拿麻药。你一只手背我；一只手又要打火把，实在不大方便。"他想若是拿着火把，则可高高举着，照烛一切。

"你莫拿，快要到了！"

耳朵中已听到碾房附近那个小水车咿咿呀呀的喊叫了。碾房那一点小小红色灯火，已在眼前闪烁，不过，那灯光，还只是天边当头一颗小星星那么大小罢了！

转过了一个山嘴，溪水上流一里多路的溪岸通通出现在眼前了。足以令他惊呼喝嚷的是沿溪有无数萤火般似的小火星在闪动。隐约中更闻有人相互呼唤的声音。

"咦！五叔，这是怎么？"

"嘿！今夜他们又放鱼[1]！我还不知道。若早点，我们可以叫小张把网去整一下，也好去打点鱼做早饭菜。"

……假使能够同他们一起去溪里打鱼，左手高高地举着通明的葵藁或旧缆子做的火把，右手拿一面小网，或一把镰刀，或一个大篾鸡笼，腰下悬着一个鱼篓，裤脚扎得高高到大腿上头，在浅浅齐膝令

---

[1] 放鱼：毒鱼，而不是放走鱼。凤凰土语。

人舒适的清流中，溯着溪来回走着，溅起水点到别个人头脸上时——或是遇到一尾大鲫鱼从手下逃脱时，那种"怎么的！……你为甚那么冒失慌张呢？""老大！得了，得了……""啊呀，我的天！这么大！""要你莫慌，你偏偏不听话，看到进了网又让它跑脱了。……"带有吃惊、高兴、怨同伴不经心的嚷声，真是多么热闹（多么有趣）的玩意儿事啊！……

茂儿想到这里，心已略略有点动了。

"那我们这时要小张转家去取网不行吗？"

"算了！网是在楼上，很难取。并且有好儿处要补半天才行。"五叔说，"左右他们上头一放堰坝时，罾上也会有鱼的。我们就守着罾吧。"

关于照鱼的事，五叔似乎并不以为有什么趣味，这很令不知事的茂儿觉得稀奇。

……

一九二五年三月二十一日于窄而霉小斋

一 时光流转 一

◻ 一个传奇的本事

　　我情感流动而不凝固，一派清波给予我的影响实在不小。我幼小时较美丽的生活，大都不能和水分离。我受业的学校，可以说永远设在水边。我学会思索，认识美，理解人生，水对于我有极大关系。

　　　　　　　　　　　　　　（摘《从文自传》中一小节）

　　水和我的生命不可分，教育不可分，作品倾向不可分。这不仅是二十岁以前的事情。即到厌倦了水边城市流宕生活，改变计划，来到住有百万市民的北平，饱受生活的折磨，坚持抵制一切腐蚀，十分认真阅读那本抽象"大书"第二卷，告了个小小段落，转入几个大学教书时，前后二十年，十分凑巧，所有学校又都恰好接近水边。我的人格发展，和工作的动力，依然还是和水不可分。从《楚辞》发生地，一条沅水上下游各个大小码头，转到海潮来去的吴淞江口，黄浪浊流急奔而下直泻千里的武汉长江边，天云变幻碧波无际的青岛大海边，以及景物明朗民俗淳厚沙滩上布满小小螺蚌残骸的昆明滇池边。三十年来水永远是我的良师，是我的净友，给我用笔以不同的启发。这份离奇教育并无什么神秘性，却不免富于传奇性。

水的德行为兼容并包，从不排斥拒绝不同方式浸入生命的任何离奇不经事物！却也从不受它的玷污影响。水的性格似乎特别脆弱，且极容易就范。其实则柔弱中有强韧，如集中一点，即涓涓细流，滴水穿石，却无坚不摧。水教给我黏合卑微人生的平凡哀乐，并做横海扬帆的美梦，刺激我对于工作永远的渴望，以及超越普通个人功利得失，追求理想的热情洋溢。我一切作品的背景，都少不了水。我待完成的主要工作，将是描述十个水边城市平凡人民的爱恶哀乐。在这个变易多方取予复杂的社会中，宜让头脑灵敏身心健全的少壮，有机会驾着最新式飞机向天上飞，从高度和速度上打破记录，成为《新时代画报》上的名人。且尽那些马上得天下还想马上治天下的英雄伟人，为了寄生细菌的巧佞和谎言繁殖迅速，不多久，都能由雕刻家设计，为安排骑在青铜熔铸的骏马上，和个斗鸡一样，在仿佛永远坚固磐石作基础的地面，给后人瞻仰。可是不多久，却将在同地震海啸相近而来的地覆天翻中，只剩余一堆残迹，供人凭吊。也必然还有那些各式各样精通"世故哲学"的"命世奇才"应运而生，在无帝王时代，始终还有做"帝王师"的机会，各有攸归，各得其所。我要的却只能再好好工作二三十年，完成学习用笔过程后，还有机会得到写作上的真正自由，再认真些写写那些生死都和水分不开的平凡人平凡历史。这个分定对于我像是生存唯一的义务，无从拒绝。因为这种平凡的土壤，却孕育了我发展了我的生命，体会经验到一点不平凡的人生。

我有一课水上教育授得极离奇，是二十七年前在常德府那半年流荡。这个城市地图上看，即可知联结洞庭，贯穿黔川，扼住湘西的咽喉，是一个在经济上军事上都不可忽略的城市。城市的位置似乎浸在水中或水下，因为每年有好几个月城四面都是一片大水包围，水线有时比城中民房还高。保护到十万居民不致于成为鱼鳖，全靠上游四十里几道坚固的长堤，和一个高及数丈的砖砌大城。常德沿河有四个城门，计西门、上南门、中南门、下南门。城门外有一条延长数里的长街，上边一点是年有百十万担"湖莲"的加工转口站。此外卖牛肉狗肉、开染坊糖坊和收桐油、朱砂、水银、白蜡、生漆、五倍子的大小庄号，生产出售水上人所不可少的竹木圆器及大小船只上所必需的席棚、竹缆、钢钻头、大小铁锚杂物店铺，在这条河街上都占有一定的地位，各有不同的处所。最动人的是那些等待主顾、各用特制木架支撑，上盖罩棚，身长五七丈的大木桅，和仓库堆店堆积如山的做船帆用的厚白帆布，联想到它们在"扬扬万斛船，影若扬白虹"三桅五舱大船上应用时的壮观景象和伟大作用，不觉更令人神往倾心。

这条河街某一段是什么样子，有什么东西，发出什么不同气味，到如今我始终还记得清清楚楚。这个城市在经济上和军事上都有其重要意义，因此抗日战争末两年，最激烈的一役，即中外报刊记载所谓"中国谷仓争夺战"的一役中，十万户人家终于在所预料情形下，完全毁于炮火中。沅水流域竹木原料虽特别富裕，复兴重建也必然比中国任何一地容易。不过那个原来的水上美丽古典城市，有历史性市容，有历史性人事，就已早于烈烈火焰中消失，后来者除了从我过去作的简单叙述，还能得到个大略印象，此外再也无从寻觅了。有形的和无形的都一律毁掉了。然而有些东西，却似乎还值得用少量文字或在多数人情感中保留下来，对于明日社会重造工作上，有其长远的意义。

　　常德既是延长千里一条沅水和十来条支流十多个县份百数十万人民生产竹、木、油、漆、棉、麻、烟草、药材原料的集中站，及东南沿海鱿鱼、海带、淮盐及一切轻工业品货物向上转移的总码头，船只向上可达川东、黔东，向下毗连洞庭、长江，地方人事自然也就相当复杂。城门口照例有军事机关和税收机关各种堂皇布告，同时也有当地党部无效果的政治宣传品，和广东、上海药房出卖壮阳、补虚伪药，及"活神仙""王铁嘴"一类看相算命骗人的各种广告，各自占据城墙一部分。这几乎也是全国同类城市景象。大街上多的是和商品转销有关的接洽事务的大小老板伙计匆匆地来去，更多的是经营最古职业的人物，这些人在水上虽各有一定住处，在街上依然随地可以碰到。责任大，工作忙，性质杂，人数多，真正在维持这个水边城市的繁荣，支配一切活动的，还是水上那几千只大小船只和那几万驾船人。其中"麻阳佬"占比便特重，这些人如何使用他们各不相同各有个性的水上工具，按照不同的行规、不同的禁忌挣扎生活并生儿育女，我虽说不上十分清楚，却有一定常识。所以，抗战初期，写了个关于湘西问题的小书时，《常德的船》那一章，内中主要部分，便是介绍占据一条延长千里沅水的麻阳船只和驾船人的种种，在那一章小文结尾说：

> 常德本身也类乎一只旱船……常德县沿沅水上行九十里，即到千五百年前武陵渔人迷路问津的桃源。……那里河上游一点，有个省立女子第二师范学校。五四运动影响到湖南时，谈男女解放，自由平等，剪发恋爱，最先提出要求并争取实现它的，就是这个学校一群女学生。

这只旱船上不仅装了社会上几个知名人士，我还忘了提及几个女学生。这里有因肺病死去的川东王小姐，有芷江杨小姐，还有……一群单纯热情的女孩子，离开学校离开家庭后，大都暂时寄居到这个学校里，作为一个临时跳板，预备整顿行装，坚强翅膀，好向广大社会飞去。书虽读得不怎么多，却为《新青年》一类刊物煽起了青春的狂热，带了点点钱和满脑子进步社会理想和个人生活幻想，打量向北平、上海跑去，接受她们各自不同的命运。这些女孩子和现代史的发展，曾有过密切的联系。另外有几个性情比较温和稳定，又不拟作升学准备的，便做了那个女学校的教员。当时年纪大的都还不过二十来岁，差不多都有个相同社会背景，出身于小资产阶级或小官僚地主家庭，照习惯，自幼即由家庭许了人家，毕业回家第一件事即等待完婚。既和家庭闹革命，经济来源断绝，向京沪跑去的，难望有升大学机会，生活自然相当狼狈。一时只能在相互照顾中维持，走回头路却不甘心。犹幸社会风气正注重俭朴，人之师需为表率，做教员的衣着化妆品不必费钱，所以每月收入虽不多，最高月薪不过三十六元，居然有人能把收入一半接济升学的亲友。教员中有一位年纪较长、性情温和而朴素、又特别富于艺术爱好、生长于凤凰县苗乡得胜营的杨小姐，在没有认识以前，就听说她的每月收入，还供给了两个妹妹读书。

至于那时的我呢，正和一个从常德师范毕业习音乐美术的表兄黄玉书，一同住在常德中南门里每天各需三毛六分钱的小客栈中，说明白点，就是无业可就。表哥是随同我的大舅父从北平、天津见过大世面的，找工作无结果，回到常德等机会的。无事可做，失业赋闲，照当时称呼名为"打流"。那个"平安小客栈"对我们可真不平安！每五天必须结一回账，照例是支吾过去。欠账越积越多，因此住宿房间也移来移去，由三面大窗的"官房"，迁到只有两片明瓦做天窗的贮物间。总之，尽管借故把我们一再调动，永不抗议，照栈规彼此不破脸，主人就不能下逐客令。至于在饭桌边当店东冷言冷语讥诮时，只装作听不懂，也赔着笑笑，一切用个"磨"字应付。这一点表哥可说是已达到"炉火纯青"地步。如此这般我们约莫支持了五个月。虽隔一二月，在天津我那大舅父照例必寄来二三十元接济。表哥的习惯爱好，却是扣留一部分去城中心"稻香村"买一二斤五香牛肉干作为储备，随时嚼嚼解馋，最多也只给店中二十元，因此永远还不清账。内掌柜是个猫儿脸中年妇女，年过半百还把发髻梳得油光光的，别一支翠玉搔头，衣襟纽扣上总还挂一串"银三事"，且把眉毛扯得细弯弯的，风流自赏，自得其乐，心地倒还忠厚爽直。不过有时禁不住会向五个常住客人发点牢骚，饭桌边"项庄舞剑"意有所指地说："开销越来越大了，门面实在当不下。楼下铺子零卖烟酒点心赚的钱，全贴上楼了，日子偌得过？我们吃四方饭，还有人吃八方饭！"话说得够锋利尖锐。说后，见五个常住客人都不声不响，只顾低头吃饭，就和那个养得白白胖胖、年纪已过十六岁的寄女儿干笑，寄女儿也只照例赔着笑笑。（这个女孩子经常借故上楼来，请大表兄剪鞋面花样或围裙上部花样，悄悄留下一包寸金糖或芙蓉酥，帮了我们不少的忙。表兄却笑她一身白得像白糖发糕，虽不拒绝芙蓉酥，可绝不要发糕。）我们也依旧装不懂内老板话中含意，只管拣豆芽菜汤里的肉片吃。可是却知道用过饭后还有一手，得准备招架对策。不多久，老厨师果然就带了本油腻腻蓝布面的账本上楼来相访，十分客气要借点钱买油盐。表兄做成老江湖满不在乎的神气，随便翻了一下我们名下的欠数，就把账本推开，鼻子嗡嗡的："我以为欠了十万八千，这几个钱算个什么？内老板四海豪杰人，还这样小气，笑话。——老弟，你想想看，这岂不是大笑话！我昨天发的那个催款急电，你亲眼看见，不是迟早三五天就会有款来了吗？"连哄带吹把厨师送走后，这个一生不走时运的美术家，却向我嘘了口气说："老弟，风声不大好，这地方可不比巴黎！我听熟人说，巴黎的艺术家，不管做什么都不碍事。有些人欠了二十年的房饭账，到后来索性做了房东的丈夫或女婿，日子过得蛮好。我们在这里想攀亲戚倒有机会，只是我不大欢喜冒险吃发糕，正如我不欢喜从军一样。我们真是英雄秦琼落了难，黄骠马也卖不成！"于是学成家乡老秀才拈卦吟诗哼着："风雪满天下，知心能几人？"

我心想，怎么办？表兄常说笑话逗我，北京戏院里梅兰芳出场前，上千盏电灯一熄，楼上下包厢里，到处是金钢钻、耳环手镯闪光，且经常有阔人掉金钢钻首饰。上海坐马车，马车上也常有洋婆子、贵妇人遗下贵重钱包，运气好的一碰到即成富翁。即或真有其事，远水哪能救近火？还是想法对付目前，来一个"脚踏西瓜皮"溜了吧。至于向什么地方溜，当时倒有个方便去处。坐每天两班的小火轮上九十里的桃源县找贺龙。因为有个同乡向英生，和贺龙是把兄弟，夫妻从日本留学回来，为人思想学问都相当新，做事非"知事""道尹"不干，同乡人都以为"狂"，其实人并不狂。曾做过一任知县，却缺少处理行政能力，只想改革，不到一年，却把个实缺被自己的不现实理想革掉了。三教九流都有来往，常住在城中春申君墓旁一个大旅馆里，总像还吃得开，可不明白钱从何来。这人十分热忱写了个信介绍我们去见贺龙。一去即谈好，表示欢迎，表兄做十三元一月的参谋，我做九元一月的差遣，还说"码头小，容不下大船，只要不嫌弃，留下暂时总可以吃吃大锅饭"。可是这时正巧我们因同乡关系，偶然认识了那个杨小姐，两人于是把"溜"字水旁删去，依然"留"下来了。桃源的差事也不再加考虑。

表兄既和她是学师范美术系的同道，平时性情洒脱，倒能一事不做，整天自我陶醉地唱歌。长得也够漂亮，特别是一双乌亮大眼睛，十分魅人。还擅长用通草片粘贴花鸟草虫，做得栩栩如生，在本县同行称第一流人才。这一来，过不多久，当然彼此就成了一片火，找到了热情寄托处。

自从认识了这位杨小姐后，一去那里必然坐在学校礼堂大风琴边，一面弹琴，一面谈天。我照例乐意站在校门前欣赏人来人往的市景，并为二人观观风。学校大门位置在大街转角处。两边可以看得相当远，到校长老太太来学校时，经我远远望到，就进去通知一声，里面琴声必然忽高起来。老太太到了学校却照例十分温和笑笑地说："你们弹琴弹得真不错！"表示对于客人有含蓄的礼貌。客人却不免红红脸。因为"弹琴"和"谈情"字音相同，老太太语意指什么虽不分明，两人的体会却深刻得多。

每每回到客栈时，表哥便向我连作十来个揖，要我代笔写封信，他却从从容容躺在床上哼各种曲子，或闭目养神，温习他先前一时的印象。信写好念给他听听，随后必把大拇指翘起来摇着，表示感谢和赞许。

"老弟，妙，妙！措辞得体，合式，有分寸，不卑不亢。真可以上报！"

事实上呢，我们当时只有两种机会上报，即抢人和自杀。但是这两件事都和我们兴趣理想不大合，当然不曾采用。至于这种信，要茶房送，有时茶房借故事忙，还得我代为传书递柬。那女教员有几次还和我讨论到表哥的文才，我只好支吾过去，回客栈谈起这件事，表兄却一面大笑一面肯定地说："老弟，你看，我不是说可以上报吗？"我们又支持约两个月，前后可能写了三十多次来回信，住处则已从有天窗的小房间迁到茅房隔壁一个特别小间里，人若气量窄，情感脆弱，对于生活前途感到完全绝望，上吊可真方便。我实在忍受不住，有一天，就终于抛下这个表兄，随同一个头戴水獭皮帽子的同乡，坐在一只装运军服的"水上漂"，向沅水上游保靖漂去了。

三年后，我在北平知道一件新事情，即两个小学教员已结了婚，回转家乡同在县立第一小学服务。这种结合由女方家长看来，必然不会怎么满意。因为表哥祖父黄河清，虽是个贡生，看守文庙作"教谕"，在文庙旁家中有一栋自用房产，屋旁还有株三人合抱的大椿木树，著有《古椿书屋诗稿》。为人虽在本城受人尊敬，可是却十分清贫。至于表哥所学，照当时家乡人印象，作用地位和"飘乡手艺人"或"戏子"相差并不多。一个小学教师，不仅收入微薄，也无什么发展前途。比地方传统带兵的营连长或参谋副官，就大大不如。不过两人生活虽不怎么宽舒，情感可极好。因此，孩子便陆续来了，自然增加了生计上的麻烦。好在小县城，收入虽少，花费也不大，又还有些做上中级军官或县长局长的亲友，拉拉扯扯，日子总还过得下去。而且肯定精神情绪都还好。

再过几年，又偶然得家乡来信说，大孩子已离开了家乡，到福建厦门集美一个堂叔处去读书。从小即可看出，父母爱好艺术的长处，对于孩子显然已有了影响。但本地人性情上另外一种倔强自恃，以及潇洒超脱不甚顾及生活的弱点，也似乎被同时接收下来了。所以在叔父身边读书，初中不到二年，因为那个艺术型发展，不声不响就离开了亲戚，去阅读那本"大书"，从此就于广大社会中消失了。计算岁月，年龄已到十三四岁。照家乡子弟飘江湖奔门路老习惯，已并不算早。教育人家子弟的即教育不起自己子弟，所以对于这个失踪的消息，大致也就不甚在意。

一九三七年抗战后十二月间，我由武昌上云南路过长沙时，偶然在一个本乡师部留守处大门前，又见到那表兄，面容憔悴蜡渣黄，穿了件旧灰布军装，倚在门前看街景，一见到我即认识，十分亲热地把我带进了办公室。问问才知道因为脾气与年轻同事合不来，被挤出校门，失了业。不得已改了业，在师部做一名中尉办事员，办理散兵伤兵收容联络事务。大表嫂还在沅陵酉水边"乌宿"附近一个村子里教小学。大儿子既已失踪，音信不通。二儿子十三岁，也从了军，跟人做护兵，自食其力。还有老三、老五、老六，全在母亲身边混日子。事业不如意，人又上了点年纪，常害点胃病，性情自然越来越加拘迂。过去豪爽洒脱处早完全失去，只是一双浓眉下那双大而黑亮有神的眼睛还依然如旧。也仍然欢喜唱歌。邀他去长沙著名的李合盛吃了一顿生炒牛肚子，才知道已不喝酒。问他还吸烟不吸烟，就说："不戒自戒，早已不再用它。"可是我发现他手指黄黄的，知道有烟吸还是随时可以开戒。他原欢喜吸烟，且很懂烟品好坏。第二次再去看他，带了别的同乡送我的两大木盒吕宋雪茄烟去送他。他见到时，憔悴焦黄脸上露出少有的欢喜和惊讶，只是摇头，口中低低地连说："老弟，老弟，太破费你了，太破费你了。不久前，我看到有人送老师长这么两盒，美国大军官也吃不起！"

我想提起点旧事使他开开心，告他"还有人送了我一些什么'三五字''大司令'，我无福享受，明天全送了你吧。我当年一心只想做个开糖坊的女婿，好成天有糖吃。你看，这点希望就始终不成！"

"不成功！人家都说你为我们家乡争了个大面子，赤手空拳打天下，成了名作家。也打败了那个只会做官、找钱，对家乡青年毫不关心的熊凤凰。什么凤凰？简直是只阉鸡，只会跪榻凳，吃太太洗脚水，我可不佩服！你看这个！"他随手把一份当天长沙报纸摊在桌上，手指着本市新闻栏一个记者对我写的访问记，"老弟，你当真上了报，人家对你说了不少好话，比得过什么什么大文豪！"

我说："大表哥，你不要相信这些逗笑的话。一定是做新闻记者的学生写的。因为我始终只是个在外面走码头的人物，底子薄，又无帮口，在学校里混也混不出个所以然的。不是抗战还回不了家乡，熟人听说我回来了，所以表示欢迎。我在外面只有点虚名，并没什么真正成就的。……我倒正想问问你，在常德时，我代劳写的那些信件，表嫂是不是还保留着？若改成个故事，送过上海去换二十盒大吕宋烟，还不困难！"

想起十多年前同在一处的旧事，一切犹如目前，又恍同隔世。两人不免相对沉默了一会儿，后来复大笑一阵，把话转到这次战争的发展和家乡种种了。随后他又陪我去医院看望受伤的同乡官兵。正见我弟弟刚出医院，召集二十来个行将出院的下级军官，在院前小花园和他们谈话，彼此询问一下情形；并告给那些伤愈连长和营副，不久就要返回沅陵接收新兵，作为"荣誉师"重上前线。训话完毕，问我临时大学那边有多少熟人，建议用我名分约个日子，请吃顿饭，到时他来和大家谈谈前方情况。邀大表兄也做陪客，他却不好意思，坚决拒绝参加。只和我在另一天同上天心阁看看湘江，我们从此就离开了。

抗战到六年，我弟弟去印度受训，过昆明时，来呈贡乡下看看我，谈及家乡种种，才知道年纪从十六到四十岁的同乡亲友，大多数都在六年里各次战役中已消耗将尽。有个麻四哥和三表弟，都在洞庭湖边牺牲了。大表哥因不乐意在师部做事，已代为安排到沅水中游青浪滩前做了一个绞船站的站长，有四十元一月。老三跟在身边，自小就会泅水，胆子又大，这个著名恶滩经常有船翻沉，老三就在滩脚伏波宫前急流旋涡中浮沉，拾起沉船中漂出无主的腊肉、火腿和其他食物，因此，父子经常倒吃得满好。可是一生长处既无从发挥，始终郁郁不欢，不久前，在一场小病中就过世了。

大孩子久无消息，只知道在江西战地文工团搞宣传。老二从了军。还预备把老五送到银匠铺去做学徒。至于大表嫂呢，依然在沅陵乌宿乡下村子里教小学，收入足够糊口。因为是唯一至亲，假期中，我大哥总派人接母子到沅陵"芸庐"家中度假，开学时，再送他们回学校。

照情形说来，这正是抗战以来，一个小地方、一个小家庭极平常的小故事。一个从中级师范学校毕业的女子，为了对国家对生活还有点理想，反抗家庭的包办婚姻，放弃了本分内物质上一切应有权利，在外县做个小教员，从偶然机会里，即和一个性情还相投的穷教员结了婚，过了阵虽清苦还平静的共同生活。随即接受了"上帝"给分派的庄严任务，陆续生了一堆孩子。照环境分定，母亲的温良母性，虽得到了充分发展，做父亲的艺术禀赋，可从不曾得到好好地使用，只随同社会变化，接受环境中所能得到的那一份苦难。十年过去，孩子已生到第五个，教人子弟的照例无从使自己子弟受教育，每个孩子在成年以前，都得一一离开家庭，自求生存，或死或生，无从过问！战事随来，可怜一份小学教师职业，还被二十来岁的什么积极分子排挤掉。只好放弃了本业，换上套拖拖沓沓旧军装，"投笔从戎"做个后方留守处无足轻重的军佐。部队既一再整编，终于转到一个长年恶浪咆哮滩前的绞船站里做了站长，不多久，便被一场小小疾病收拾了。亲人赶来一面拭泪，一面把死者殓入个赊借得来的小小白木棺木里，草草就地埋了。死者既已死去，生者于是依然照旧沉默寂寞生活下去。每月可能还得从正分微薄收入中扣出一点点钱填还亏空。在一个普通人不易设想的乡村小学教师职务上，过着平凡而简单的日子，等待平凡地老去，平凡地死。一切都十分平凡，不过正因为它是千万乡村小学教师的共同命运，却不免使人感到一种奇异的庄严。

抗战到第八年，和平胜利骤然来临，暌违十年的亲友，都逐渐恢复了通信关系。我也和家中人由云南昆明一个乡村中，依旧归还到旧日的北平，收拾破烂，重理旧业。忽然有个十多年不通音问的朋友，寄了本新出的诗集。诗集中用黑绿二色套印了些木刻插图，充满了一种天真稚气与热情大胆的混合，给我崭新的印象。不仅见出作者头脑里的智慧和热情，还可发现这两者结合时如何形成一种诗的抒情。对于诗若缺少深致理解，是不易作出这种明确反应的。一经打听，才知道作者所受教育程度还不及初中二，而年龄也还不过二十来岁，完全是在八年战火中长大的。更有料想不到的巧事，即这个青年艺术家，原来便正是那一死一生黯然无闻的两个美术教员的长子。十三四岁即离开了所有亲人，到陌生而广大世界上流荡，无可避免地穷困，疾病，挫折，逃亡，在种种卑微工作上短时期地稳定，继以长时间地失业，如蓬如萍的转徙飘荡，到景德镇烧过瓷器，又在另一处当过做棺材的学徒。……却从不易想象学习过程中，奇迹般终于成了个技术优秀特有个性的木刻工作者。为了这个新的发现，使我对于国家民族，以及属于个人极庄严的苦难命运，感到深深痛苦。我真用得着法国人小说中常说的一句话，"这就是人生。"当我温习到有关于这两个美术教员一生种种，和我身预其事的种种，所引起的回忆，不免感觉到对于"命运偶然"的惊奇。

作者至今还不曾和我见过面，只从通信中约略知道他近十年一点过去，以及最近正当成千上万"接收大员"在上海大发国难财之际，他如何也来到了上海，却和他几个同道陷于同样穷困绝望中，想工作，连购买木刻板片的费用也无处筹措。境况虽然如此，对于工作却依然充满自信和狂热，对未来有无限憧憬。摊在我面眼前的四十幅木刻，无论大小，都可见出一种独特性格，美丽中还有个深度。为几个世界上名师巨匠做的肖像木刻，和为几个现代作家诗人作的小幅插图，都可见出作者精力弥满，设计构图特别用心，还依稀可见出父母潇洒善良的禀赋，与作者生活经验的沉重粗豪和精细同时并存而不相犯相混，两者还共同形成一种幽默的典雅。提到这一点时，作品性格鲜明的一面，事实上还有比个人禀赋更重要的因素，即所生长的地方性，值得一提。因为这不仅是两个穷教员的儿子，生长地还是从二百年设治以来，即完全在极端变态发展中一片土地，一种社会的特别组织的衍生物。

作者出身苗乡，原由"镇打营"和"旱子坪"合成的"镇筸城"。后来因镇压苗人造反，设立了个兼带兵勇的"辰沅永靖兵备道"，又添一个专管军事的镇守使，才升级成"凤凰厅"，后改"凤凰县"。家乡既是个屯兵地方，住在那个小小石城中的人，大半是当时的戍卒屯下，小部分是封建社会放逐贬谪的罪犯（黄家人生时姓"黄"死后必改姓"张"，听老辈说，就是这个原因）。因此二百年前居民即有世代服兵役的习惯，习军事的机会。中国兵制中的"绿营"组织，在近代学人印象中，早已成了历史名词，然而抗战八年，我们生长的那个小地方，对于兵役补充，尤其是下级官佐的补充，总像不成问题。就还得力于这个旧社会残余制度的便利。最初为镇压苗族造反而设治，因此到咸、同之际，曾国藩组织的湘军，"筸军"就占了一定数目，选择的对象必"五短身材，琵琶腿"，才善于挨饿耐寒爬山越岭跑长路。内中也包括部分苗族兵丁。但苗官则限制到"守备"为止。江南大营包围太平军的天京时，筸军中有一群卖柴卖草亡命之徒，曾参与过冲锋陷阵爬城之役，内中有四五人后来都因军功做了"提督军门"，且先后转成"云贵总督"。就中有个田兴恕，因教案被充军新疆，随后又跟左宗棠戴罪立功，格外著名。到辛亥革命攻占雨花台后，首先随大军人南京的一个军官，就是"爬城世家"田兴恕的小儿子田应诏。这个军官由日本士官学校毕了业，和蔡锷同期，我曾听过在蔡锷身边做参谋长的同乡朱湘溪先生说，因为田有大少爷脾气，人不中用，所以才让他回转家乡做第一任湘西镇守使。年纪还不到三十岁，却留了一小撮日本仁丹式胡子，所以本地人通叫他"田三胡子"。出于好事喜弄的大少爷脾气，这位边疆大吏，受了点日本维新变法的影响，当时手下大约还有四千绿营兵士，无意整军经武，却在练军大教场的河对岸，傍水倚山建立了座新式公园，纪念他的母亲，经常和一群高等幕僚，在那里饮酒赋诗。又还在本县城里办了个中级美术学校。因此后来本地很出了几个湘西知名的画家，此外还办了个煤矿，办了个瓷器厂，办了个洋广杂货的公司，不多久就先后赔本停业，这种种正可说明一点，即浪漫情绪在这个"爬城世家"头脑中，作成一种诗的抒情、有趣的发展。（我和永玉，都可说或多或少受了点影响。）

三十年来国家动乱，既照例以内战为主要动力，荡来荡去形成了大小军阀的新陈代谢。这小地方却因僻处一隅，得天独厚，又不值得争夺，因之形成一个极离奇的存在。在湘西十八县中，日本士官生、保定军官团、云南讲武堂，及较后的黄埔军官学校，前后都有大批学生，同其他省份比，占人数最多。到抗战前夕为止，县城不到六千户人家，人口还不及二万，和附近四乡却保有了约二千中下级军官，和经过军训四五个师的潜在实力。由于这么一种离奇传统，一切年轻人的出路，都不免寄托在军官上。一切聪明才智及优秀禀赋，也都一律归纳吸收于这个虽庞大实简单的组织中，并陆续消耗于组织中。而这个组织于国内省内，却又若完全孤立或游离，无所属亦无所归。"护法""靖国"等大规模军事战役，都出兵参加过。派兵下常、桃，抵长沙，可是战事一过就又退还原驻防地。接田手的陈渠珍，头脑较新，野心却并不大，事实上心理上还是"孤立割据自保"占上风。北伐以前，孙中山先生曾特派代表送了个第一师长的委任状来，请了一回客，送了两千元路费，那个委任状却压在垫被下经年毫无作用。这自然就有了问题，即对内为进步滞塞，不能配合实力作其他任何改进设计。他本人自律甚严而且好学，新旧书都读得有一定水平，却并不鼓励部下也读书。因此军官日多而读书人日少，必然无从应付时变，对外则保持一贯孤立状态，多误会，多忌讳，实力越来越增加，和各方面组织关系隔绝，本身实力越大，也只是越增加困难。战争来了，悲剧随来。淞沪之战展开，有个新编一二八师，属于第四路指挥刘建绪调度节制，原本被哄迫出去驻浙江奉化，后改宣城，战事一起，就奉命调守嘉善唯一那道国防线，即当时所谓"中国兴登堡防线"。（早就传说花了过百万元照德国顾问意见完成的。）当时报载，战事过于激烈，守军来不及和参谋部联络人员接头，打开那些钢骨水泥的门，即加入战斗。还以为事不可信。后来方知道，属于我家乡那师接防的部队，开入国防线后，除了从唯一留下车站的县长手中得到一大串编号的钥匙，什么图形也没有。临到天明就会有敌机来轰炸。为敌人先头探索部队发现已发生接触时，一个少年团长方从一道小河边发现工事的位置，一面用一营人向前作突击反攻，一面方来得及顺小河搜索把上锈的铁门次第打开，准备死守。本意固守三天，却守了足足五天。全师大部官兵都牺牲于敌人日夜不断的优势炮火中，下级干部几乎全体完事，团营长正副半死半伤，提了那串钥匙去开工事铁门的，原来就是我的弟弟，而死去的全是那小小县城中和我一同长大的年轻人。

随后是南昌保卫战，经补充的另一个"荣誉师"上前，守三角地的当冲处，自然不久又完事。随后是反攻宜昌，洞庭西岸荆沙争夺，洞庭南岸的据点争夺，以及长沙会战。每次硬役必参加，每役参加又照例是除了国家意识还有个地方荣誉面子问题在内，双倍的勇气使得下级军官全部成仁，中级半死半伤，而上级受伤旅团长，一出医院就再回来补充调度，从预备师接收新兵。都明白这个消耗担负，增加地方明日的困难，却从种种复杂情绪中继续补充下去。总以为这是和日本打仗，不管如何得打下去！迟迟不动，番号一经取消，家乡此后就再无生存可能。因此，国内任何部队都感到补充困难时，这地方却好像全无问题，到时总能补充足额，稍加训练就可重上前线，打出一定水平。就这样，一直到一九四五年底。小城市在湘西各县中，比沅水流域任何一处物价都贱，表面上可说交通不当冲要得免影响，事实上却是消费越来越少，余下一城孤儿寡妇，哪还能想到囤积居奇发国难财？每一家都分摊了战事带来的不幸，因为每一家都有子弟做下级军官，牺牲数目更吓人。我们实在不能想象一个城市把成年丁壮全部抽去，每家陆续带来一分死亡给五千少妇万人父母时，形成的是一种什么空气！但这是战争！有过二百年当兵习惯的人民，战争是什么，必然比任何人都更清楚明白。而这些人的家属子女，也必然更习惯于接受这个不幸！战争完结后，总还能留下三五十个小学教员，到子弟长大入学时，不会无学校可进！

和平来了，胜利来了，但战争的灾难可并未结束。拼补凑集居然还有一个甲种师部队，由一个从小兵做文书，转军佐，升参谋，入陆大，完全自学挣扎出来的×姓军官率领，驻防胶济线上。原以为国家和平来临，人民苦难已过，不久改编退役，正好过北平完成一个新的志愿，好好读几年书。且可能有机会和我合作，写一本小小地方历史，纪念一下这个小山城成千上万壮丁十年中如何为保卫国家陆续牺牲的情形，将比转入国防研究院工作还重要，还有意义。正可说明一种旧时代的灭亡新命运的开始，虽然是种极悲惨艰难的开始。因为除少数的家庭还保有些成年男丁，大部分却得由孤儿寡妇来自作挣扎！不意内战终不可避免，一星期前胶东一役，这个新编师却在极其暧昧情形下全部覆没。师长随之阵亡。统率者和一群干部，正是家乡人八年抗战犹未死尽的最后残余。从私人消息，方明白实由于早已厌倦这个大规模集团的自残自渎，因此厌战解体。专门家谈军略，谈军势，若明白这些青年人生命深处的苦闷，还如何正在作普遍广泛传染，尽管有各种习惯制度和小集团利害拘束到他们的行为，而且加上那个美式装备，但哪敌得过出自生命深处的另一种潜力，和某种做人良心觉醒否定战争所具有的优势？一面是十分厌倦，一面还得接受现实，就在这么一个情绪状态下，我家乡中那些朋友亲戚，和他们的理想，三五天中便完事了。这一来，真是连根拔去，"筸军"再也不会成为一个活的名词，成为湖南人谈军事政治的一忌了。而个人想从这个野性有活力的烈火焚灼残余孤株接接枝，使它在另外一种机会下作欣欣向荣的发展、开花结果的企图，自然也随之摧毁无余。

得到这个消息时，我想起我生长那个小小山城两世纪以来的种种过去。因武力武器在手而如何形成一种自足自恃情绪，情绪扩张，头脑即如何逐渐失去应有作用，因此给人同时也给本身带来苦难。想起整个国家近三十年来的苦难，也无不由此而起。在社会变迁中，我那家乡和其他地方青年的生和死，因这生死交替于每一片土地上流的无辜的血，这血泪更如何增加了明日进步举足的困难。我想起这个社会背景发展中对青年一代所形成的情绪、愿望和动力，既缺少真正伟大思想家的引导与归纳，许多人活力充沛而常常不知如何有效发挥，结果便终不免依然一个个消耗结束于近乎周期性悲剧宿命中。任何社会重造品性重铸的努力设计，对目前情势言，甚至于对今后半世纪言，都若无益白费。而近于宿命的悲剧，却从万千挣扎求生善良本意中，作成整个民族情感凝固大规模的集团消耗，或变相自杀。直到走至尽头，才可望得到一种真正新的开始。

我也想到由于一种偶然机会，少数游离于这个共同趋势以外恶性循环以外，由此产生的各种形式的衍化物。我和这一位年纪轻轻的木刻艺术家，恰可代表一个小地方的另一种情形：相同处是处理生命的方式，和地方积习已完全游离，而出于地方性的热情和幻念，却正犹十分旺盛，因之结合成种种少安定性的发展。但是我依然不免受另外一种地方性的局限束缚，和阴晴不定的"时代"风气俨若格格不入。即因此，将不免如其他乡人似异实同的命运，或早或迟必僵仆于另外一种战场上，接受同一悲剧性结局。至于这个更新的年轻的衍化物，从他的通信上，和作品自刻像一个小幅上，仿佛也即可看到一种命定的趋势，由强执、自信、有意的阻隔及永远的天真，共同做成一种无可避免悲剧性的将来，至于生活上的败北，犹其小焉者。

最后一点涉及作者已近于无稽预言，因此对作者也留下一点希望。倘若所谓"悲剧"实由于性情一事的两用，在此为"个性鲜明"而在彼则为"格格不入"时，那就好好地发展长处，而不必求熟习世故哲学，事事周到或八面玲珑来取得什么"成功"，不妨勇敢生活下去，毫无顾虑地来接受挫折，不用作得失考虑，也不必作无效果的自救。这是一个真正有良心的艺术家，有见解的思想家，或一个有勇气的战士共同的必由之路。若悲剧只小半由于本来的气质，大半实出于后起的习惯，尤其是在十年游荡中养成的生活上不良习惯时，想要保存衍化物的战斗性，持久存在与广泛发展，一种更新的坚忍素朴人生观的培育，实值得特别注意。

这种人生观的基础，应当建筑在对生命能作完全有效的控制。战胜自己被物欲征服的弱点，从克服中取得一个完全独立的人格，以及创造表现的绝对自主性起始。由此出发，从优良传统去作广泛的学习，再将传统长处加以综合，融会贯通，由于虔诚和谦虚地试探，十年二十年持久不懈，慢慢得到进展，在这种基础上，必会得到更大的成就。正因为工作真正贴近土地人民，只承认为人类多数而"工作"。不为某一种某一时的"工具"，存在于现代政治所培养的窄狭病态自私残忍习惯空气中，或反而容易遭受来自各方面的强力压迫与有意忽视，欲得一稍微有自主性的顺利工作环境，也并不容易。但这不妨事，倘若目的明确，信心坚固，真有成就，即在另外一时，将无疑依然会成为一个时代的重要标志！如所谓"弱点"，不过是像我那种"乡下佬"的顽固拘迁作成的困难，以作者的开扩外向性的为人，必然不会得到我的悲剧性的重演。

在人类文化史的进步意义上，一个真正的伟人巨匠，所有努力挣扎的方式，照例和流俗的趣味及所悬望的目标，总不易完全一致。一个伟大艺术家或思想家的手和心，既比现实政治家更深刻并无偏见和成见地接触世界，因此它的产生和存在，有时若与某种随时变动的思潮要求，表面或相异或游离，都极其自然。它的伟大的存在，即于政治、宗教以外，极有可能更易形一种人类思想感情进步意义和相对永久性。虽然两者真正的伟大处，基本上也同样需要"正直"和"诚实"，而艺术更需要"无私"，比过去宗教现代政治更无私！必对人生有种深刻的悲悯，无所不至的爱！而对工作又不缺少持久狂热和虔敬，方能够忘我与无私！宗教和政治都要求人类公平与和平，两者所用方式，却带来过封建性无数战争，尤以两者新的混合所形成的偏执情绪和强大武力，这种战争的完全结束更无希望。过去艺术必需宗教和政治的实力扶育，方能和人民对面，因之当前欲挣扎于政治点缀性外，亦若不可能。然而明日的艺术，却必将带来一个更新的庄严课题。将宗教政治充满封建意识形成的"强迫""统制""专横""阴狠"种种不健全情绪，加以完全地净化廓清，而成为一种更强有力的光明健康人生观的基础。这也就是一种"战争"，有个完全不同的含义。唯有真的勇士，敢于从使人民无辜流血以外，不断有所寻觅探索，不断积累经验和发现，来培养爱与合作种子使之生根发芽，企图实现在人与人间建设一种崭新的关系，谋取人类真正和平与公正的艺术工作者，方能担当这个艰巨重任。这种战争不是犹待起始，事实上随同历史发展，已进行了许多年。试看看世界上一切科学家沉默工作的建设成就和其他方式所形成的破坏状况，加以比较，就可知在中国建立一种更新的文化观和人生观，一个青年艺术家可能做的永久性工作，将从何努力着手。

这只是一个传奇的起始，不是结束。然而下一章，将不是我用文字来这么写下去，却应当是一群生气勃勃具有做真正主人翁责任感少壮木刻家和其他艺术工作者，对于这种人民苦难的现实，能作各种真正的反应，而对于造成这种种苦难，最重要的是那些妄图倚仗外来武力，存心和人民为敌，使人民流血而发展成大规模无休止的内战（又终于应和了老子所说的"自恃者灭，自胜者绝"的规律），加以"耻辱"与"病态"的标志，用百集木刻，百集画册，来结束这个既残忍又愚蠢的时代，并刻绘出全国人民由于一种新的觉悟，去合力同功向知识进取，各种切实有用的专门知识，都各自得到合理的尊重，各有充分发展的机会，人人以驾驭钢铁征服自然为目标，促进实现一种更新时代的牧歌。"这是可能的吗?""不，这是必然的!"

/ 附 记 /

这个小文，是抗战八年后，我回到北京不多久，为初次介绍黄永玉木刻而写成的。内中提及他作品的文字并不多，大部分谈的却是作品以外事情——永玉本人也不明白的本地历史和家中情况。从表面看来，只像"借题发挥"一种杂乱无章的零星回忆，事实上却等于把我那小小地方近两个世纪以来形成的历史发展和悲剧结局加以概括性地记录。凡事都若偶然的凑巧，结果却又若宿命的必然。如非家乡劫后残余的中年人，是不大会理解到这个小文对于家乡的意义。家乡的现实是：受历史性的束缚，使得数以万千计的有用青年，几几乎全部毁灭于无可奈何的战争形成的趋势中，而知识分子的灾难，也比湘西任何一县都来得严重。写它时，心中实充满了不易表达的深刻悲痛！因为我明白，在我离开家乡去到北京阅读那本"大书"时，只不过是一个成年顽童，任何方面见不出什么才智过人。只缘于正面接受了"五四"余波的影响，才能极力挣扎而出，走自己选择的道路。大多数比我优秀得多的同乡，或以责任所在，离不开教师职务，或认为冰山可恃，乐意在那个小小的军事集团中磨混，到头来形势一有变化，几几乎全部在十多年中，无例外都完结于这种新的发展变化中。

这个小文，和较前一时写的《湘行散记》及《湘西》二书，前后相距约十年，叙述方法和处理事件各不相同。前者写背景和人事，后者谈地方问题，本文却范围更小，作纵的叙述。可是基本上是相通的。正由于深深觉得故乡土地人民的可爱，而统治阶层的保守无能故步自封，在相互对照下明日举步的困难，可以想象得到。因此把唯一转机希望，曾经寄托到年轻一代的觉醒上，影响显明是十分微弱的。因为当时许多家乡读者，除了五六人受到启发，冲出那个环境，转到北方做穷学生，抗战时辗转到了延安，一般读者相差不多，只能从我作品中留下些"有趣"印象，看不出我反复提到的"寄希望于未来"的严肃意义。本文却以本地历史变化为经，永玉父母个人及一家灾难情形为纬交织而成一个篇章。用的彩线不过三五种，由于反复错综连续，却形成土家族方格锦纹的效果。整幅看来，不免有点令人眼目迷乱，不易明确把握它的主题寓意何在。但是一个在为"概念""公式"所限制的读者，把视界放宽些些，或许将依然可以看出一点个人对于家乡的"黍离之思"！

在本文末尾，我曾对于我个人工作作了点预言，也可说一切不出所料。由于性格上的局限性所束缚，虽能严格律己，坚持工作，可极缺少对世事的灵活变通性。于社会变动中，既不知所以自处，工作当然配合不上新的要求，于是一切工作报废完事于俄顷，这也十分平常自然。还记得解放前付印《长河》，在题记中我就曾经说过："横在我们面前许多事情，都不免使人痛苦，可是却不必悲观。骤然而来的风雨，说不定会把许多人的高尚理想，卷扫摧残，弄得无踪无迹。然而一个对于人类前途的热忱，和工作的虔敬态度，是应当永远存在，且必然能给后来者以极大鼓励的！……"我的作品，早在五三年间，就由印行我选集的开明书店正式通知，说是各书已过时，凡是已印未印各书稿及纸型，全部代为焚毁。随后是香港方面转载台湾一道明白法令，更进一步，法令中指明一切已印未印作品，除全部焚毁外，还永远禁止再发表任何作品。这倒是历史上少有的奇闻。说作品已过时，由国内以发财为主要目的商人说出，若意思其实指的是"得即早让路，免得成为绊脚石"，倒还近情合理，我得承认现实，明白此路不通，及早改业。至于台湾的禁令，则不免令人起幽默感。好像八百万美式装备，满以为所向无敌，因此坚决要从内战上见个高低的一伙，料不到终究被"小米加步枪"的人民力量打得一败涂地。还不承认是由于政治极端腐败必然的结果，却把打败仗的责任，以为是我写了点反内战小文章的原因（本文似也应包括在内），才出现这种禁令。得出这种结论，采取这种方法，是绝顶聪明，还是极端愚蠢，外人不易明白，他们自己应当心中有数。试作些分析，倒也十分有趣。中国现在有不少研究鲁迅先生的团体，谈起小说成就时，多不忘记把《阿Q正传》举例。若说真正懂得阿Q精神，照我看来，其实还应数台湾方面掌握文化大权的文化官有深刻领会。这种禁令的执行，就是最好的证明，实在说来，未免把我抬举得太高了。

至于三十多年前对永玉的预言，从近三十年工作和生活发展看来，一切当然近于过虑。永玉为人既聪敏能干，性情又开廓明朗，对事事物物反应十分敏捷，在社会剧烈变动中，虽照例难免挫折重重，但在重重挫折中，却对于自己的工作，始终充满信心，顽强坚持，克服来自内外各种不易设想的困难，从工作上取得不断的突破和进展。生命正当成熟期，生命力之旺盛，明确反映到每一幅作品中，给人以十分鲜明印象。吸收力既强，消化力又好，若善用其所长而又能对于精力加以适当制约，不消耗于无多意义的世俗酬酢中，必将更进一步，为国家做出更多方面贡献，实在意料中。进而对世界艺术丰富以新内容，也将是迟早间事。

一九七九年十月十四日作于北京

⊡ 生之记录

/ 一 /

下午时，我倚在一堵矮矮的围墙上，浴着微温的太阳。春天快到了，一切草，一切树，还不见绿，但太阳已很可恋了。从太阳的光上我认出春来。

没有大风，天上全是蓝色。我同一切，浴着在这温暾的晚阳下，都没言语。

"松树，怎么这时又不做出昨夜那类响声来吓我呢?""那是风，何尝是我意思!"有微风树间在动，做出小小声子在答应我了!

"你风也无耻，只会在夜间来!"

"那你为什么又不常常在阳光下生活?"

我默然了。

因为疲倦，腰隐隐在痛，我想哭了。在太阳下还哭，那不是可羞的事吗？我怕在墙坎下松树根边侧卧着那一对黄鸡笑我，竟不哭了。

"快活的东西，明天我就要教老田杀了你！"

"因为妒嫉的缘故"，松树间的风，如在揶揄我。

我妒嫉一切，不止是人！我要一切，把手伸出去，别人把工作扔在我手上了，并没有见我所要的同来到。候了又候，我的工作已为人取去，随意地一看，又放下到别处去了，我所希望的仍然没有得到。

第二次，第三次，扔给我的还是工作。我的灵魂受了别的希望所哄骗，工作接到手后，又低头在一间又窄又霉的小房中做着了，完后再伸手出去，所得的还是工作！

我见过别的朋友们，忍受着饥寒，伸着手去接得工作到手，毕后，又伸手出去，直到灵魂的火焰烧完，伸出的手还空着，就此僵硬，让漠不相关的人抬进土里去，也不知有多少了。

这类烧完了热安息了的幽魂，我就有点妒嫉它。我还不能像他们那样安静地睡觉！梦中有人在追赶我，把我不能做的工作扔在我手上，我怎么不妒嫉那些失了热的幽魂呢？

我想着，低下头去，不再顾到抖着脚曝于日的鸡笑我，仍然哭了。

在我的泪点坠跌际，我就妒嫉它，泪能坠到地上，很快地消灭。

我不愿我身体在灵魂还有热的以前消灭。有谁人能告我以灵魂的火先身体而消灭的方法吗？我称他为弟兄，朋友，师长——或更好听一点的什么，只要把方法告我！

我忽然想起我浪了那么多年为什么还没烧完这火的事情了，研究它，是谁在暗里增加我的热。

——母亲，瘦黄的憔悴的脸，是我第一次出门做别人副兵时记下来的……

——妹，我一次转到家去，见我灰的军服，为灰的军服把我们弄得稍稍陌生了一点，躲到母亲的背后去；头上扎着青的绸巾，因为额角在前一天涨水时玩着碰伤了……

——大哥，说是"少喝一点吧"，答说"将来很难再见了。"看看第二支烛又只剩一寸了，说是"听鸡叫从到关外就如此了"，大的泪，沿着为酒灼红了的瘦颊流着……

"我要把妈的脸变胖一点"，单想起这一桩事，我的火就永不能熄了。

若把这事忘却，我就要把我的手缩回，不再有希望了。……

可以证明春天将到的日头快沉到山后去了。我腰还在痛。想拾片石头来打那骄人的一对黄鸡一下，鸡咯咯地笑着逃走去。

把石子向空中用力掷去后，我只有准备夜来受风的恐吓。

/ 二 /

灰的幕，罩上一切，月不能就出来，星子很多在动。在那只留下一个方的轮廓的建筑下面，人还能知道是相互在这世上活着，我却不能相信世上还有两个活人。世上还有活东西我也不肯信。因为一切死样地静寂，且无风。

我没有动作，倚在廊下听自己的出气。

若是世界永远是这样死样沉寂下去，我的身子也就这样不必动弹，作为死了，让我的思想来活，管领这世界。凡是在我眼面前生过的，将再在我思想中活起来了，不论仇人或朋友，连那被我无意中捏死的吸血蚊子。

我要再来受一道你们世上人所给我的侮辱。

我要再见一次所见过人类的残酷。

我要追出那些眼泪同笑声的损失。

我要捉住那些过去的每一个天上的月亮拿来比较。我要称称我朋友们送我的感情的分量。

我要摩摩那个把我心碰成永远伤创的人的眼。

我要哈哈地笑，像我小时的笑。

我要在地下打起滚来哭，像我小时的哭！

……

我没有那样好的运，就是把这死寂空气再延下去一个或半个时间也不可能——一支笛子，在比那堆只剩下轮廓的建筑更远一点的地方，提高喉咙在歌了。

听不出他是怒还是喜来，孩子们的嘴上，所吹得出的是天真。

"小小的朋友，你把笛子离开嘴，像我这样，倚在墙或树上，地上的石板干净你就坐下，我们两人来在这死寂的世界中，各人把过去的世界活在思想里，岂不是好吗？在那里，你可以看见你所爱的一切，比你吹笛子好多了！"

我的声音没有笛子的尖锐，当然他不会听到。

笛子又在吹了，不成腔调，正可证明他的天真。

他这个时候是无须乎把世界来活在思想里的，听他的笛子的快乐的调子可以知道。

"小小的朋友，你不应当这样！别人都没有作声，为什么你来搅乱这安宁，用你的不成腔的调子？你把我一切可爱的复活过来的东西都破坏了，罪人！"

笛子还在吹。他若能知道他的笛子有怎样大的破坏性，怕也能看点情面把笛子放下吧。

什么都不能不想了，只随到笛子的声音。

沿着笛子我记起一个故事，六岁到八岁时，家中一个苗老阿妳，对我说许多故事。关于笛子，她说原先有个皇帝，要算喜欢每日里打着哈哈大笑，成了疯子。皇后无法，把赏格悬出去，治得好皇帝的赏公主一名。这一来人就多了。公主美丽像一朵花，谁都想把这花带回家去。可是谁都想不出什么好法子来。有些人甚至于把他自己的儿子，牵来当到皇帝面前，切去四肢，皇帝还是笑！同样这类笨法子很多。皇帝以后且笑得更凶了。到后来了一个人，乡下人样子，短衣，手上拿一支竹子。皇后问：你可以治好皇帝的病吗？来人点头。又问他要什么药物，那乡下人递竹子给皇后看。竹子上有眼，皇后看了还是不懂。一个乡下人，看样子还老实，就叫他去试试吧。见了皇帝，那人把竹子放在嘴边，略一出气，皇帝就不笑了。第一段完后，皇帝笑病也好了。大家喜欢得了不得。……那公主后来自然是归了乡下人。不过，公主学会吹笛子后，皇后却把乡下人杀了。……从此笛子就传下来，因为有这样一段惨事，笛子的声音听起来就很悲伤。

阿妤人是早死了，所留下的，也许只有这一个苗中的神话了。（愿她安宁！）

我从那时起，就觉得笛子用到和尚道士们做法事顶合式。因为笛子有催人下泪的能力，做道场接亡时，不能因丧事流泪的，便可以使笛子掘开他的泪泉！

听着笛子就下泪，那是儿时的事，虽然不一定家中死什么人。二姐因为这样，笑我是孩子脾气，有过许多回了。后来到她的丧事，一个师傅，正拿起笛子想要逗引家中人哭泣，我想及二姐生时笑我的情形，竟哭得晕去了。

近来人真大了，虽然有许多事情养成我还保存小孩爱哭的脾气，可是笛子不能令我下泪。近来闻笛，我追随笛声，飏到虚空，重现那些过去与笛子有关的事，人一大，感觉是自然而然也钝了。

笛声歇了，我骤然感到空虚起来。

——小小的吹笛的朋友，你也在想什么吧？你是望着天空一个人在想什么吧？我愿你这时年纪，是只晓得吹笛的年纪！你若是真懂得像我那样想，静静地想从这中抓取些渺然而过的旧梦，我又希望你再把笛勒在嘴边吹起来！年纪小一点的人，载多悲哀的回忆，他将不能再吹笛了！还是吹吧，夜深了，不然你也就睡得了！

像知道我在期望，笛又吹着了，声音略变，大约换了一个较年长的人了。

抬起头去看天，黑色，星子却更多更明亮。

/ 三 /

在雨后的中夏白日里，麻雀的吱喳虽然使人略略感到一点单调的寂寞，但既没有沙子被风吹扬，拿本书来坐在槐树林下去看，还不至于枯燥。

镇日为街市电车弄得耳朵长是嗡嗡隆隆的我，忽又跑到这半乡村式的学校来了。名为骆驼庄，我却不见过一匹负有石灰包的骆驼，大概它们这时是都在休息了吧。在这里可以听到富于生趣的鸡声，还是我到北京来一个新发现。这些小喉咙喊声，是夹在农场上和煦可亲的母牛唤犊的喊声里的，还有坐在榆树林里躲荫的流氓鹧鸪同它们相应和。

鸡声我至少是有了两年以上没有听到过了，乡下的鸡声则是民十时在沅州的三里坪农场中听过。也许是还有别种缘故吧，凡是鸡声，不问它是荒村午夜还是晴阴白昼，总能给我一种极深的新的感动。过去的切慕与怀恋，而我也会从这些在别人听来或许但会感到夏日过长催人疲倦思眠的单调长声中找出。

初来北京时，我爱听火车的呜呜汽笛。从这中我发见了它的伟大，使我不驯的野心常随着那些呜呜声向天涯不可知的辽远渺茫中驰去。但这不过是一种空虚寂寞的客寓中寄托罢了！若拿来同乡村中午鸡相互唱酬的叫声相比，给人的趣味，可又不相同了。

我以前从不会在寓中半夜里有过一回被鸡声叫醒的事情。至于白日里，除了电车的隆隆隆以外，便是百音合奏的市声！连母鸡下蛋时"咯大咯"也没有听到过。我于是疑心北京城里的住户人家是没有养过一只活鸡的。然而，我又知道我猜测的不对了，我每次为相识扯到饭馆子去，总听到"辣子鸡""熏鸡"等等名色。我到菜市去玩时，似乎看到那些小摊子下面竹罩笼里，的确也又还有些活鲜鲜（能伸翅膀，能走动，能低头用嘴壳去清理翅子但不作声）的鸡。它们如同哑子，挤挤挨挨站着却没有作声。倘若一个从没看见过鸡的人，仅仅根据书上或别人口中传说"鸡是好勇狠斗，能引吭高唱……"鸡的样子，那末，见了这罩笼里的鸡，我敢说他绝不会相信这就是鸡！

它们之所以不能叫，或者并不是不会叫（因为凡鸡都会叫，就是鸡婆也能"咯大咯"），只是时时担惊受怕，想着那锋利的刀，沸滚的水，忧愁不堪，把叫的事就忘怀了呢！这本不奇怪，譬如我们人到忧愁无聊（还不至于死）时，不是连讲话也不大愿意开口吗？

然而我还有不解者，是：北京的鸡，固然是日陷于宰割忧惧中，但别的地方鸡，就不是拿来让人宰割的？为甚别的地方的鸡就有兴致高唱愉快的调子呢？我于是乎觉得北京古怪。

看着沉静不语的深蓝天空，想着北京城中的古怪，为那些一递一声鸡唱弄得有点疲倦来了。日光下的小生物，行动野佻的蚊子，在空中如流星般晃去，似乎更其愉快活泼，我记起了"飘若惊鸿，宛若游龙"两句古典文章来。

/ 四 /

夜来听到淅沥的雨声，还夹着嗡嗡隆隆的轻雷，屈指计算今年消失了的日月，记起小时觉得有趣的端阳节将临了。

这样的雨，在故乡说来是为划龙舟而落。若在故乡听着，将默默地数着雨点，为一年来老是卧在龙王庙仓房里那几只长而狭的木舟高兴，童心的欢悦，连梦也是甜蜜而舒适！北京没有一条小河，足供五月节龙舟竞赛，所以我觉得北京的端阳寂寞。既没有划龙舟的小河，为划龙舟而落的雨又这样落个不止，我于是又觉这雨也落得异常寂寞无聊了。

雨是哗喇哗喇地落，且当作故乡的夜雨吧：卧在床上已睡去几时候的九妹，为一个炸雷惊醒后，听到点点滴滴的雨声，又怕又喜，将搂着并头睡着妈的脖颈，极轻地说："妈，妈，你醒了吧。你听又在落雨了！明天街上会涨水，河里自然也会涨水。莫把北门河的跳岩淹过了。我们看龙舟又非要到二哥干爹那吊楼上不可了！那桥上的吊楼好是好，可是若不涨大水，我们仍然能站到玉英姨她家那低一点的地方去看，无论如何要有趣一点。我又怕那楼高，我们不放炮仗，站到那么高高的楼上去看有什么意思呢。妈，妈，你讲看：到底是二哥干爹那高楼上好呢，还是玉英姨家好？"

"我宝宝说得都是。你喜欢到哪一处就去哪处。你讲哪处好就是哪处。"妈的答复，若是这样能够使九妹听来满意，那么，九妹便不再作声，又闭眼睛做她的龙舟梦去了。第二天早上，我倘若说：——老九，老九，又涨大水了。明天，后天，看龙船快了！你预备的衣服怎样？这无论如何不到十天了啦！

她必又格登格登跑到妈身边去催妈为赶快把新的花纺绸衣衫缝好，说是免得又穿那件旧的花格子洋纱衫子出丑。其实她那新衣只差的一排扣子同领口没完工，然而终不能禁止她去同妈唠叨。

晚上既下这样大雨，一到早上，放在檐口下的那些木盆木桶会满盆满桶地装着雨水了。

这雨水省却了我们到街上喊卖水老江进屋的工夫。包粽子的竹叶子便将在这些桶里洗漂。

只要是落雨，可以不用问他大小，都能把小孩子引到端节来临的欢喜中去。大人们呢，将为这雨增添了几分忙碌。但雨有时会偏偏到五日那一天也不知趣大落而特落的。（这是天的事情，谁能断料得定?）所以，在这几天，小孩子人人都有一点工作——这是没有哪一个小孩子不愿抢着做的工作：就是祈祷。他们诚心祈祷那一天万万莫要落下雨来，纵天阴没有太阳也无妨。他们祈祷的意思如像请求天一样，是各个用心来默祝，口上却不好意思说出。这既是一般小孩的事，是以九妹同六弟两人都免不了背人偷偷地许下愿心——大点的我，人虽大了，愿天晴的心思却不下于他俩。

于是，这中间就又生出争持来了。譬如谁个胆虚一点，说了句。

"我猜那一天必要落雨呀。"

那一个便："不，不，决不！我敢同谁打赌：落下了雨，让你打二十个耳刮子以外还同你磕一个头。若是不，你就为我——"

"我猜必定要下，但不大。"心虚者又若极有把握地说。

"那我同你打赌吧。"

不消说为天晴袒护这一方面的人，当听到雨必定要下的话时气已登脖颈了！但你若疑心到说下雨方面的人就是存心愿意下雨，这话也说不去。这里两人心虚，两人都深怕下雨而愿意莫下雨，却是一样。

侥幸雨是不落了。那些小孩子们对天的赞美与感谢，虽然是在心里，但你也可从那微笑的脸上找出。这些诚恳的谢词若用东西来贮藏，恐怕找不出那么大的一个口袋呢。

我们在小的孩子们（虽然有不少的大人，但这样美丽佳节原只是为小孩子预备的，大人们不过是搭秤的猪肝罢了）喝彩声里，可以看到那几只狭长得同一把刀一样的木船在水面上如掷梭一般抛来抛去。

一个上前去了，一个又退后了；一个停顿不动了，一个又打起圈子演龙穿花起来。使船行动的是几个红背心绿背心——不红不绿之花背心的水手。他们用小的桡桨促船进退，而他们身子又让船载着来往，这在他们，真可以说是用手在那里走路呢。

……

过了这样发狂似的玩闹一天，那些小孩子如像把期待尽让划船的人划了去，又太平无事了。那几只长狭木船自然会有些当事人把它拖上岸放到龙王庙去休息，我们也不用再去管它。"它不寂寞吗？"幸好遇事爱发问的小孩们还没有提出这么一个问题来为难他妈。但我想即或有聪明小孩子问到这事，还可以用这样话来回答："它已结结实实同你们玩了一整天，这时应得规规矩矩睡到龙王庙仓下去休息！它不像小孩子爱热闹，所以他不会寂寞。"

从这一天后，大人小孩似乎又渐渐地把前一日那几把水上抛去的梭子忘却了——一般就很难听人从闲话中提到这梭子的故事。直到第二年五月节将近，龙舟雨再落时，又才有人从点点滴滴中把这位被忘却的朋友记起。

/ 五 /

我看我桌上绿的花瓶，新来的花瓶，我很客气地待它，把它位置在墨水瓶与小茶壶之间。

气候近初夏了，各样的花都已谢去。这样古雅美丽的瓶子，适宜插丁香花，适宜插藤花。一枝两枝，或夹点草，只要是青的，或是不很老的柳枝，都极其可爱。但是，各样花都谢了，或者是不谢，我无从去找。

让新来的花瓶，寂寞地在茶壶与墨水瓶之间过了一天。

花瓶还是空着，我对它用得着一点羞惭了。这羞惭，是我曾对我的从不曾放过茶叶的小壶，和从不曾借重它来写一点可以自慰的文字的墨水瓶，都有过的。

新的羞惭，使我感到轻微的不安，心想，把来送像廷蔚那种过时的生活的人，岂不是很好么？因为疲倦，虽想到，亦不去做，让它很陌生地，仍立在茶壶与墨水瓶中间。

懂事的老田，见了新的绿色花瓶，知道自己新添了怎样一种职务了，不待吩咐，便走到农场边去，采得一束二月兰和另外一种不知名的草花，把来一同插到瓶子里，用冷水灌满了瓶腹。

既无香气，连颜色也觉可憎……我又想到把瓶子也一同摔到窗外去，但只不过想而已。

看到二月兰同那株野花吸瓶中的冷水。乘到我无力对我所憎的加以惩治的疲倦时，这些野花得到不应得的幸福了。

节候近初夏了，各样的花都已谢去，或者不谢，我也无从去找。

从窗子望过去，柏树的叶子，都已成了深绿，预备抵抗炎夏的烈日，似乎绿也是不得已。能够抵抗，也算罢了。我能用什么来抵抗这晚春的懊恼呢？我不能拒绝一个极其无聊按时敲打的校钟，我不能……我不能再拒绝一点什么。凡是我所憎的都不能拒绝。这时远远的正有一个木匠或铁匠在用斧凿之类做一件什么工作，钉钉地响，我想拒绝这种声音，用手蒙了两个耳朵，我就无力去抬手。

心太疲倦了。

绿的花瓶还在眼前，仿佛知道我的意思的老田，换上了新从外面要来的一枝有五穗的紫色藤花。淡淡的香气，想到昨日的那个女人。

看到新来的绿瓶，插着新鲜的藤花，呵，三月的梦，那么昏昏地做过！……想要写些什么，把笔提起，又无力地放下了。

一九二六年二月完成

芷江县的熊公馆

有子今人杰，宜年世女家。

芷江县的熊公馆，三十年前街名作青云街，门牌二号，是座三进三院的旧式一颗印老房子。进大门二门后，到一个院落，天井并不怎么大，石板地整整齐齐。门廊上有一顶绿呢官轿，大约是为熊老太太准备的，老太太一去北京，这轿子似乎就毫无用处，只间或亲友办婚丧大事时，偶尔借去接送内眷用用了。第二进除过厅外前后四间正房，有三间空着，原是在日本学兽医秉三先生的四弟住房。四老爷口中虽期期艾艾，心胸俊迈不群。生平欢喜骑怒马，喝烈酒，尚气任侠，不幸壮年早逝。四太太是凤凰军人世家田兴恕军门独生女儿，湘西镇守使田应诏妹妹，性情也潇洒利落，兼有父兄夫三者风味。既不必侍奉姑嫜，就回凤凰县办女学校作四姑太去了。所以住处就空着。走进那个房间时，还可看到一个新式马鞍和一双长统马靴。四老爷摹拟拿破仑骑马姿势的大相，和四太太作约瑟芬装扮的大相，也一同还挂在墙壁上。第二个天井宽一点，有四五盆兰花和梅花搁在绿髹漆架子上。两侧长廊檐槛下，挂一些腊鱼风鸡咸肉。当地规矩，佃户每年照例都要按收成送给地主一些田中附产物，此外野鸡、鹌鹑，时新瓜果，也会按时令送到，有三五百租的地主人家，吃来吃去可吃大半年的。老太太照老辈礼尚往来方式，凡遇佃户来时，必回送一点糖食，一些旧衣旧料，以及一点应用药茶。老太太离家乡上北京后，七太太管家，还是凡事照例，还常得写信到北京来买药。

第三进房子算正屋，敬神祭祖亲友庆吊全在这里。除堂屋外有大房五间，偏旁四间，归秉三先生幼弟七老爷。祝七老爷为人忠恕纯厚，乐天知命，为侍奉老太太不肯离开身边，竟辞去了第一届国会议员。可是熊老太太和几个孙儿女亲戚，随后都接过北京去了，七老爷就和体弱吃素的七太太，及两个小儿女，在家中纳福。在当地绅士中作领袖，专为同乡大小地主抵抗过路军队的额外摊派。（这个地方原来从民三以后，就成为内战部队往来必经之路，直到抗战时期才变一变地位，人民是在摊派捐款中活下来的。）遇年成饥荒时，即用老太太名分，捐出大量谷米拯饥。加之勤俭治生，自奉极薄，待下复忠厚宽和，所以人缘甚好。凡事用老太太名分，守老太太作风，尤为地方称道。第三院在后边，空地相当大，是土地，有几间堆柴炭用房屋，还有一个中等仓库。仓库分成两部分：一储粮食，一贮杂物；杂物部分顶有趣味，其中关于外来礼物，似乎应有尽有，记得有一次参加清理时，曾发现过金华的火腿，广东的鸭肝香肠，美国牛奶，山西汾酒，日本小泥人，云南冬虫草……一共约百十种均不相同。还有毛毛胡胡的熊掌，干不牢焦的什么玩意儿。

芷江县地主都欢喜酗醇，地当由湘入黔滇川西南孔道，且是掉换船只轿马一大站，来往官亲必多，上下行过路人带土仪上熊府送礼事自然也就格外多。七太太管家事，守老太太家风，本为老太太许愿吃长素，本地出产笋子菌子已够一生吃用，要这些有什么用？因此礼物推来送去勉强收下后，多原封不动，搁在那里，另外一时却用来回馈客人，因此坏掉的自然也不少。后院中有一株柚子树，结实如安江品种，不知为什么总有点煤油味。

正屋大厅中，除了挂幅沈南苹画的仙猿蟠桃大幅，和四条墨竹，一堵壁上还高挂了一排二十支鸟羽铜镶的长箭，箭中有一支还带着个多孔骨垛的骲箭头。这东西虽高悬壁上不动，却让人想起划空而过时那种呼啸声。很显然，这是熊老太爷作游击参将多年，熊府上遗留下来的唯一象征了。

这是老屋大略情形，秉三先生的童年，就是在这么一个家中，三进院落和大小十余个房间范围里消磨的。

老房子左侧还有所三进两院新房子，不另立门户，门院相通。新屋房间已减少，且把前后二院并成一个大院，所以显得格外敞朗。平整整方石板大空地，养了约三十盆素心兰和鱼子兰，二十来盆茉莉。两个固定花台还栽有些山茶同月季。有一口大金鱼缸，缸中搁了座二尺来高透瘦石山，上面长了株小小黄杨树，一点秋海棠，一点虎耳草。七老爷有时在鱼缸边站站，一定也可得到点林泉之乐。（若真的要下乡去享受享受田野林泉，就恐得用三十名保安队护围方能成行。照当时市价，若绑到七老爷的票，大约总得五十支枪才可望赎票的。）正面是大花厅，壁上挂有明朝人画的四幅墨龙，龙睛凸出，从云中露爪作攫拿状，墨气淋漓，象带着风雨湿人衣襟神气。另一边又挂有赵秉钧书写的大八尺屏条六幅，写唐人诗，作黄涪翁体，相当挺拔潇洒。院子另一端，临街是一列半西式楼房，上下两层，各三大间。上层分隔开用作书房和卧室，还留下几大箱杂书。下面是客厅，三间打通合而为一，有硬木炕榻，嵌大理石太师椅，半新式醉翁躺椅。空中既挂着蚀花玻璃的旧式宫灯，又悬着一个斗篷罩大煤油灯。一切如旧式人家，加上一点维新事物，所以既不摩登刺目，也不式微萧索。炕后长条案上，还有一架二尺阔瓷器插屏，上面作寿比南山戏文。一对三尺高彩瓷花瓶，瓶中插了几支孔雀长尾，翎眼仿佛睁得圆圆的，看着这室中一片寂寞一片灰，并预测着将来变化。还有一个衣帽架，是京式样子，在北京熊家大客厅中时，或许曾有过督军巡阅使之类要人的紫貂海龙裘帽搁在上面过。但一搬到这小地方来，显然就无事可作，连装点性也不多了。照当地风气，十冬腊月老绅士多戴大风帽，罩着全个肩部，并不随时脱下。普通壮年中年地主绅士，多戴青缎乌绒瓜皮小帽，到人家作客时，除非九九消寒遣有涯之生，要用它来拈阄射覆赌小酒食，也并不随便脱下的。

这个客厅中也挂了些字画，大多是秉三先生为老太太在北京办寿时收下的颂祝礼物。有章太炎和谭组庵的寿诗，还有其他几个时下名人的绘画。当时做寿大有全国性意味，象征各方面对于这个人维新的期许和钦崇，礼物一定极隆重，但带回家来的多时贤手笔，可知必经过秉三先生的选择，示乡梓以富不如示乡梓以德。有一幅黎元洪的五言寿联，是当时大总统的手笔，字大如斗，气派豪放，联语仅十个字：有子今人杰宜年世女家。将近三十年了，这十个字在我印象中还很鲜明。

这院中两进新屋，大约是秉三先生回乡省亲扫墓前一年方建造。本人一离开，老太太和儿孙三四人都过了北方，家中房多人口少，那房子就闲下来了。客厅平时就常常关锁着，只一年终始或其他过节做寿要请酒时，才收拾出来待客。这院子平日也异常清静，金鱼缸边随时可发现不知名小雀鸟低头饮水。夏天素心兰茉莉盛开，全院子香气清馥，沁人心脾，花虽盛开却无人赏鉴，只间或有小丫头来剪一二支，作观音像前供瓶中物。或自己悄悄摘一把鱼子兰和茉莉，放入胸前围裙小口袋中。

这所现代相府，我曾经勾留过一年半左右。还在那个院子中享受了一个夏天的清寂和芳馥。并且从楼上那两个大书箱中，发现了一大套林译小说，迭更司[1]的《贼史》、《冰雪姻缘》、《滑稽外史》、《块肉余生述》等等，就都是在那个寂静大院中花架边台阶上看完的。这

---

[1] 现译名"狄更斯"。

些小说对我仿佛是良师而兼益友，给了我充分教育也给了我许多鼓励，因为故事上半部所叙人事一切艰难挣扎，和我自己生活情况就极相似，至于下半部是否如书中顺利发展，就全看我自己如何了。书箱中还有十来本白棉纸印谱，且引诱了我认识了许多汉印古玺的款识。后来才听黄大舅说，这些印谱都还是作游击参将熊老前辈的遗物，至于这是他自己治印的成就，还是他的收藏，已不能够知道了。老前辈还会画，在那时称当行。这让我想起书房中那幅洗马图，大约也是熊老太爷画的。秉三先生年过五十后，也偶然画点墨梅水仙，风味极好。

那房子离沅州府文庙只一条小甬道，两堵高墙。事很凑巧，凤凰县的熊府老宅，离文庙也不多远，旧式作传记的或将引孟母三迁故事，以为必系老太太觉得居邻学宫，可使儿子习儒礼，因而也就影响到后来一生功名事业。但就我所知道的秉三先生一生行事说来，人格中实蕴蓄了儒墨各三分，加上四分民主维新思想，综合而成。可以说是新时代一个伟大政治家，其一生政治活动，实作成了晚清渡过民初政治经济的桥梁，然并非纯儒。在政治上老太太影响似不如当时朱夫人来得大。所以朱夫人过世后，行为性情转变得也特别大。老太太身经甘苦，家居素朴，和易亲人，恰恰如中国其他地方老辈典型贤母一样，寓伟大于平凡中。秉三先生五十以后的生活，自奉俭薄，热心于平民教育事业，尽捐家产于慈幼院，甚至每月反向董事会领取二三百元薪水。

熊公馆右隔壁有个中级学校，名"务实学堂"。似从清末长沙那个务实书院取来。梁任公先生二十余岁入湘至务实书院主讲新学，与当时新党人物谭嗣同、唐才常诸人主变法重新知活动，实一动人听闻有历史性故事。蔡松坡、范静生时称二优秀学生，到后来一主军事，推翻帝制，功在民国为不朽；一长教育，于国内大学制度、留学政策、科学研究，对全国学术思想发展贡献更极远大。任公先生之入湘，秉三先生实始赞其成，随后出事，亦因分谤而受看管处分。这个学校虽为纪念熊老太太设立，实尚隐寓旧事，校舍是两层楼房若干所，照民初元时代新学堂共通式样，约可容留到二百五十人寄宿。但当我到那里时，学校早已停顿，只养蚕部分因有桑园十余亩，还用了一个技师、六个学生、几十个工人照料，进行采桑育蚕。学校烘茧设备完全，用的蚕种还是日本改良种，结茧作粉红色，缫丝时共有十二部机车可用。诸事统由熊府一亲戚胡四老爷管理。学校还有一房子化学药品，一房子标本仪器，一房子图书，一房子织布木机，都搁在那里无从使用。秉三先生家中所有旧书也捐给了学院。学校停办或和经费有关，一切产业都由熊府捐赠，当初办时，或尚以为可由学校职业科生产物资，自给自足，后来才发现势不可能。这学校抗战后改成为香山慈幼院芷江分院女子初级中学，由慈幼院主持。时间过去已二十八年，学校中的树木，大致都已高过屋檐头，长大到快要合抱了。我还记住右首第二列楼房前面草地上，有几株花木枝桠间还悬有小小木牌，写的是秉三先生某某年手植。

我从这个学校的图书室中，曾翻阅过《史记》、《汉书》，和一些其他杂书。记得还有一套印刷得极讲究的《大陆月报》，用白道林纸印，封面印了个灰色云龙，里面有某先生译的《天方夜谭》连载。渔人入洞见鱼化石王子坐在那里垂泪故事，把鱼的叙述鱼在锅中说故事的故事，至今犹记得清清楚楚。

我到芷江县，正是五四运动发生的民国八年，在团防局作个小小办事员，主要职务是征收四城屠宰捐。太史公《史记》叙游侠刺客，职业多隐于屠酤之间，且说这些人照例慷慨而负气，轻生而行义，拯人于患难之际而不求报施，比士大夫犹高　着。我当时的职业，倒容易去和那些专诸、要离后人厮混。如欢喜喝一杯，差不多每一张屠桌边都可蹲下去，受他们欢迎。不过若想从这些屠户中发现一个专诸或要离，可不会成功！想不到的是有一次，我正在那些脸上生有连鬓胡子，手持明晃晃尖刀，作庖丁解牛工作的壮士身边看街景时，忽然看到几个在假期中回家，新剪过发辫的桃源女师学生，正从街头并肩走过。这都是芷江县大小地主的女儿。这些地主女儿的行为，从小市民看来其不切现实派头，自然易成笑料；记得面前那位专诸后人，一看到她们，联想起许多对于女学生传说，竟放下屠刀哈哈大笑，我也就参加了一份。不意十年后，这些书读不多热情充沛的女孩子，却大都很单纯的接受了一个信念，很勇敢的投身入革命的漩涡中，领受了各自命运中混有血泪的苦乐。我却用熊府那几十本林译小说作桥梁，走入一崭新的世界，伟大烈士的功名，乡村儿女的恩怨，都将从我笔下重现，得到更新的生命。这也就是历史，是人生。使人温习到这种似断实续的历史，似可把握实不易把握的人生时，真不免感慨系之！

北平石驸马大街熊府，和香山慈幼院几个院落中，各处都有秉三先生手种的树木，二十五年来或经移植，或留原地，一定有许多已长得高大坚实，足当急风猛雨，可以荫蔽数亩。

又或不免遭受意外摧残，凋落萎悴，难以自存。诵召伯甘棠之诗，怀慕恭敬桑梓之义，必有人和我同样感觉，还有些事未作，还有责任待尽。

一九四七年十二月十九日作完

☐ 凤凰观景山 [1]

　　我不懂艺术，又不会作画，可是从小生长在湘西苗区一个小小山城中，周围数十里全是山重山，只临到城边时，西边一点才有一坝平田出现，城东南还是群峰罗列。一年四季随同节令的变换，山上草木岩石也不断变换颜色，形成不同画面，浸入我的印象中，留下种种不同的记忆，六七十年后，还极其鲜明动人，即或乐意忘记也总是忘不了。特别是靠城东南边那个观景山，因为山上原本是个山砦，下边有座本地人迷信集中的天王庙，山砦实际控制着全县城，上面原住了一排属于辰沅永靖兵备道的绿营战兵。站在山砦石头垒成的碉楼上，远望西边可及平田尽头的雷草坡一带，远处山坡动静，和那些二百年前

---

[1] 这是沈从文一篇未完成的遗作，估计写于一九八二年或一九八三年春。

设立在近郊远近山头的碉堡安危情况，近则城北大河，及对河苗乡一切，也遥遥在望。城南地势逐渐上升，约二里后直达一个山口，设有重兵把守，名叫"茶叶坡"。我还记得我极小时，听父亲说过，祖父沈毛狗和叔祖父，从七十里外朱砂的大峒岔逃荒到县城时，已及黄昏，走长路太累，坐在关前歇歇，觉得极冷，用手摸摸，才明白路旁全是人头，比我在辛亥前夕所见，显然更多百十倍。不到三千户人家的小山城，一个兵备道管辖下，就有三千多战守兵设防，主要作用就是杀造反的人！

观景山在我做顽童时代，看来已失去了它的作用，但是照旧还设立有几户守兵，专管晚上全城治安，有老兵轮流在上面打更司柝。城里照习惯，每街都设有栅栏门，到二更后就断绝行人。由本街居民出钱，雇有专人打更守夜。换班换点，多凭山上的更点作准，才不至于误时。或城中某街失火走水 [1]，山上守兵就擂梆子告警。一切还保留百年前一点旧制度、旧习惯，让人体会到这地方在前一世纪原本是个大军营。定下许多维持治安的办法，直到辛亥以后才取消。

这个观景山近城一面被一片树木包围着，上面有大几百株三四人才能合抱的皂角木、枫香树、香楠树及灯笼花古树，树高可能达二十余丈，各自亭亭上耸天半。有落叶乔木，也有四季常青的乔木。初春发荣时，树干必先湿湿的，随后树上才各自呈现各种不同程度的嫩绿色，或白茸

[1] 走水也是失火意。

茸一片灰芽，多竞秀争荣，且常常在树上就分出等级来。再不多久，能开花的就依次开花，使得小山城满城都浸在一种香气馥郁中。

先是冬晴天气中，每个人家两侧上耸高墙和屋脊上[1]，必有成群结伙的八哥鸟，自得其乐地在上面歌唱聒吵，有时还会模仿各种其他雀鸟的鸣声。到春天来时，即转向郊外平田飞去，跟着犁田的水牛身后吃蚯蚓，或停在耕牛背上或额角间休息。人家屋脊上已换了郭公鸟，天明不久就孤独地郭公郭公叫个不停。后来才知道是古书上的"戴胜"。春雷响后，春雨来时，郭公也不见了。观景山则已成一片不同绿色，作成丰丰茸茸的大画屏。有千百鸣声清脆的野画眉，在春光中巧转舌头。随后是鸣声高亢急促，尖锐悲哀的杜鹃，日夜间歇不停地××[2]尤其是在春雨连绵的深夜里，这种有情怪鸟鸣声特别动人。住在城中半夜里，唯一可听到远处杜鹃凄惨的叫声，时间可延长到夏初。早上则住城内的最多是燕子，由衔泥砌窠到生子"告翅"，呢呢喃喃迎来了春夏。

至于出城，山上鸟雀之多可就无从计数了。我的故乡是出锦鸡的地方，一身毛色奇美，叫声××[3]。

大型鸟类，则数一身明黄的青鸟，在寂静中一声"勾嘟亢当"，极容易引人到一种梦境清寂中去。各种啄木鸟声，于夏初树林中，也

---

[1] 凤凰民房的山墙多高过屋顶和屋脊，起防火作用，称风火墙。

[2] 作者未想好恰当的拟音字，整理时未便擅作填补。

[3] 作者未想好恰当的拟音字，整理时未便擅作填补。

是一种有趣的声音。这类鸟虽不会叫，形状却十分别致，总是用两只爪子抓定面前树干。许多人家都畜养在笼中，供孩子们取乐。直到抗战时期，每只市价还不过一元中央票。（山上）还多"金不换"鸟，比锦鸡小些，也宜于笼养。最善反复自呼其名，[1] 有的能延续到三十次以上，才乐意休息。

我倒欢喜那些不受豢养的鸟类，如夏天傍晚时在田禾深处咕咕咕咕直啼唤的秧鸡，全身乌黑，行动飞快，声音虽极单纯，调子可极特别，若当大白天则一声不响。大白天多的是竹林中的画眉鸟，或锐声长呼"婆婆酒醉""婆婆酒醉归"，等到人逼近时，才一哄飞散，可是在另外竹林中，又复重新放歌。这种画眉本地人或叫竹雀，或叫洋画眉。

另外还有种土鹦歌，形象极不美观，一身毛色也只灰扑扑的，且显得野性习惯，顽劣无以复加。乡下人设套捉来时，放竹笼中，初初不吃不喝，拒绝饮食，且必碰笼，直到头部茸毛脱尽仍不屈服。可是懂它的脾气的乡下人，总尽它生气，碰得个毛血淋漓精疲力尽，又渴又饥时，才再给它一点水喝，和米头子吃。过十天半月，就慢慢地转变了。平时声音还是哑嘶嘶的，且极单纯，再过一阵，你才会发现它的聪明天赋。特别是善于模仿别的鸟声，以至于猫儿声音、小孩子哭声，远比真正红嘴绿色鹦哥或八哥还伶俐懂事，领会别的生物声音能力还强，学来更逼真。一到和人表示亲善后，就特别亲人。本城里多

---

[1] 这种鸟鸣叫声像"金不换，金不换"，故得此名。

的是军人，在镇道两衙署当公差的军人，真正公事并不多，却善于栽花养鸟。我还记得和我近邻那个滕老四，家中养的有八哥和土鹦哥，滕老四上街时，经常就提了个竹丝鸟笼，那只土鹦哥却在他肩头上站立，有时又远远飞去，等待主人。

（根据两种初稿　一九九二年沈虎雏整理）

◘ 新湘行记

——张八寨二十分钟

汽车停到张八寨，约有二十分钟耽搁，来去车辆才渡河完毕。溪水流到这里后，被四围群山约束成个小潭，一眼估去大小直径约半里样子。正当深冬水落时，边沿许多部分都露出一堆堆石头，被阳光雨露漂得白白的，中心满潭绿水，清莹澄澈，反映着一碧群峰倒影，还是异常美丽。特别是山上的松杉竹木，挺秀争绿，在冬日淡淡阳光下，更加形成一种不易形容的清寂。汽车得从一个青石砌成的新渡口用一只方舟渡过，码头如一个畚箕形，显然是后来人设计，因此和自然环境不十分谐和。潭上游一点，还有个老渡口，有只老式小渡船，由一个掌渡船的拉动横贯潭中的水面竹缆索，从容来回渡人。这种摆渡画面，保留在我记忆中不下百十种。如照风景画习惯，必然做成"野渡无人舟自横"的姿势，搁在靠西一边白石滩头，才像符合自然本色。因为不知多少年来，经常都是那么搁下，无事可为，镇日长闲，和万重群山一道在冬日阳光下沉睡！但是这个沉睡时代已经过去了。大渡口终日不断有满载各种物资吼着叫着的各式货车，开上方舟过渡。此外还有载客的班车，车上坐着新闻记者，电影摄影师，音乐、歌舞、文物调查工作者，画师，医生……以及近乎挑牙虫卖膏药飘乡赶场的人物，陆续来去。近来因开放农村副业物资交流，附近二十里乡村赴乡场和到州上做小买卖的人，也日益增多。小渡船就终日在潭中来回，盘载人货，没有个休息时。这个觉醒是全面的。八十二岁的探矿工程师丘老先生，带上一群年轻小伙子，还正在湘西自治州所属各县爬山越岭，预备用锤子把有矿藏的山头一一敲醒。许多在地下沉睡千万年的煤、铁、磷、汞，也已经有了一部分被唤醒转来。

小船渡口东边，是一道长长的青苍崖壁，西边有个裸露着大片石头的平滩，平滩尽头到处点缀一簇簇枯树。其时几个赶乡场的男女农民，肩上背上挑负着箩箩筐筐，正沿着悬崖下脚近水小路走向渡头。渡船上有个梳双辫女孩子，攀动缆索，接送另外一批人由西往南。渡头边水草间，有大群白鸭子在水中自得其乐地游泳。悬崖罅缝间绿茸茸的，崖顶上有一列过百年的大树，大致还是照本地旧风俗当成“风水树”保留下来的。这些树木阅历多，经验足，对于本地近三十年新发生的任何事情似乎全不吃惊，只静静地看着面前一切。初初来到这个溪边的我，环境给我的印象和引起的联想，不免感到十分惊奇！一切陌生一切又那么熟悉。这实在和许多年前笔下涉及的一个地方太相象了，可能对它仿佛相熟的不只我一个人。正犹如千年前唐代的诗人，宋代的画家，彼此虽生不同时，却由于某一时偶然曾经置身到这么一个相似自然环境中，而产生了些动人的诗歌或画幅。一首诗或者不过二十八个字，一幅画大小不过一方尺，留给后人的印象，却永远是清新壮丽，增加人对于祖国大好河山的感情。至于我呢，手中的笔业已荒疏了多年，忽然又来到这么一个地方，记忆习惯中的文字不免过于陈旧，触目景物人事却十分新鲜。在这种情形下，只有承认手中这支拙劣笔，实在无可为力。

我为了温习温习四十年前生活经验，和二十四五年前笔下的经验，因此趁汽车待渡时，就沿了那一列青苍苍崖壁脚下走去，随同那十几个乡下人一道上了小渡船。上船以后，不免有些慌张，心和渡船一样只是晃。临近身边那个船上人，像为安慰我而说话：

"慢慢的，慢慢的，站稳当点。你慌哪样！"

几个乡下人也同声说，"不要忙，不要忙，稳到点！"一齐对我善意望着。显然的事，我在船中未免有点狼狈可笑，已经不像个"家边人"样子。

大渡口路旁空处和圆坎上，都堆得有许多经过加工的竹木，等待外运。老楠竹多锯削成扁担大小长片，二三百缚成一捆，我才明白在北行火车上，经常看到满载的竹材，原来就是从这种山窝窝里运出去，往东北西北支援祖国工矿建设的。木材也多经过加工处理，纵横架成一座座方塔，百十根作一堆，显明是为修建湘川铁路而准备的。令我显得慌张的，并不尽是渡船的摇动，却是那个站在船头、嘱咐我不必慌张、自己却从从容容在那里当家做事的弄船女孩子。我们似乎相熟又十分陌生。世界上就真有这种巧事，原来她比我小说中翠翠虽晚生几十年，所处环境自然背景却仿佛相同，同样，在这么青山绿水中摆渡，青春生命在慢慢长成。不同处是社会变化大，见世面多，虽然对人无机心，而对自己生存却充满信心，一种"从劳动中得到快乐增加幸福成功"的信心。这也正是一种新型的乡村女孩子在语言神气间极容易见到的共同特征。目前一位有一点与众不同，只是所在背景环境。

她大约有十四五岁的样子，除了胸前那个绣有"丹凤朝阳"的挑花围裙，其余装束神气都和一般青年作家笔下描写到的相差不多。有张长年在阳光下曝晒、在寒风中冻得黑中泛红的健康圆脸。双辫子大而短，是用绿胶线缚住的，还有双真诚无邪神光清莹的眼睛。两只手大大的，粗粗的，在寒风中也冻得通红。身上穿一件花布棉袄子，似乎前不多久才从自治州百货公司买来，稍微大了一点。这正是中国许多地方一种常见的新农民形象，内心也必然和外表完全统一。真诚、单纯、素朴，对本人明天和社会未来都充满了快乐的期待及成功信心，而对于在她面前一切变化发展的新事物，更充满亲切好奇热情。文化程度可能只读到普通小学三年级，认得的字还不够看完报纸上的新闻纪事，或许已经做了寨里读报组小组长。新的社会正在起着深刻变化，她也就在新的生活教育中逐渐发育成长。目前最大的野心，是另一时州上评青年劳模，有机会进省里，去北京参观，看看天安门和毛主席。平时一面劳作一面想起这种未来，也会产生一种永远向前的兴奋和力量。生命形式即或如此单纯，可是却永远闪耀着诗歌艺术的光辉，同时也是诗歌艺术的源泉。两手攀援缆索操作的样子，一看就知道是个内行，摆渡船应当是她一家累代的职业。我想起合作化，问她一月收入时，她却笑了笑，告给我："这是我伯伯的船，不是我的。伯伯上州里去开会。我今天放假，赶场来往人多，帮他忙替半天工。"

"一天可拿多少工资分？"

"嗨，这也算钱吗？你这个人——"她于是抿嘴笑笑，扭过了头，面对汤汤流水和水中白鸭，不再答理我。像是还有话待我自己去体会，意思是："你们城里人会做生意，一开口就是钱。什么都卖钱。一心只想赚钱，别的可通通不知道！"她或许把我当成省里食品公司的干部了。我不免有一点儿惭愧起自心中深处。因为我还以为农村合作化后"人情"业已去尽，一切劳力交换都必需变成工资分计算。到乡下来，才明白还有许多事事物物，人和人相互帮助关系，既无从用工资分计算，也不必如此计算；社会样样都变了，依旧有些好的风俗人情变不了。我很满意这次过渡的遇合，提起一句俗谚"同船过渡五百年所修"，聊以解嘲。同船几个人同时不由笑将起来，因为大家都明白这句话意思是"缘法凑巧"。船开动后，我于是换过口气请教，问她在乡下做什么事情还是在学校读书。

她指着树丛后一所瓦屋说："我家住在那边！"

"为什么不上学？"

"为什么？区里小学毕了业，这边办高级社，事情要人做，没有人。我就做。你看那些竹块块和木头，都是我们社里的！我们正在和那边村子比赛，看谁本领强，先做到功行圆满。一共是二百捆竹子，一百五十根枕木，赶年下办齐报到州里去。村里还派我办学校，教小娃娃，先办一年级。娃娃欢喜闹，闹翻了天我也不怕。这些小猴子，就只有我这只小猴子管得住。"

我随她手指点望去，第二次注意到堆积两岸竹木材料时，才发现靠村子码头边，正在六七个小顽童在竹捆边游戏，有两个已上了树，都长得团头胖脸。其中四个还穿着新棉袄子。我故意装作不明白问题，"你们把这些柱头砍得不长不短，好竹子也锯成片片，有什么用处？送到州里去当柴烧，大材小用，多不合算！"

她重重盯了我一眼，似乎把我底子全估计出来了，不是商业干部是文化干部，前一种人太懂生意经，后一种人又太不懂。"嗨，你这个人！竹子木头有什么用？毛主席说，要办社会主义，大家出把力气，事情就好办。我们湘西公路筑好了，木头、竹子、桐油、朱砂，一年不断往外运。送到好多地方去办工厂、开矿，什么都有用……"末了只把头偏着点点，意思像是"可明白？"

我不由己地对着她翘起了大拇指，译成本地语言就是"大脚色"。又问她今年十几岁，十四还是十五。不肯回答，却抿起嘴微笑。好像说"你自己猜吧"。我再引用"同船过渡"那句老话表示好意，说得同船乡下人都笑了。一个中年妇人解去了拘束后，便插口说，"我家五毛子今年进十四岁，小学二年级，也砍了三捆竹子，要送给毛主席，办社会主义。两只手都冻破了皮，还不肯罢手歇气。"巴渡船的一位听着，笑笑的，爱娇的，把自己两只在寒风中劳作冻得通红的手掌，反复交替摊着，"怕什么？比赛哩。别的国家多远运了大机器来，在等着材料砌房子。事情不巴忙做，可好意思吃饭？自家的事不做，等谁做！"

"是嘛，自家的事情自家做；大家做，就好办。"

新来汽车在新渡口嘟嘟叫着。小船到了潭中心，另一位向我提出了个新问题，"同志，你是从省里来的，可见过武汉长江大铁桥？什么时候完工？"

"看见过！那里有万千人笼夜[1]赶工，电灯亮堂堂的，老远只听到机器哗喇哗喇的响，忙得真热闹！"

"办社会主义就是这样，好大一条桥！"

"你们难道看见过大铁桥？"那中年妇人问。

……说下去，我才知道她原来有个儿子在那边做工，年纪二十一岁，是从这边电厂调去的，一共挑选了七个人。电影队来放映电影时，大家都从电影上看过大桥赶工情形，由于家里有子侄辈在场，都十分兴奋自豪。我想起自治州百七十万人，共有三百四十万只勤快的

---

[1] 笼夜：连夜之意。

手，都在同一心情下，为一个共同目的而进行生产劳动，长年手足贴近土地，再累些也不以为意。认识信念单纯而素朴，和生长在大城市中许多人的复杂头脑，及专会为自己好处作打算的种种乖巧机伶表现，相形之下真是无从并提。

小船恰当此时，訇的碰到了浅滩边石头上，闪不知船滞住了。几个人于是又不免摇摇晃晃，而且在前仆后仰中相互笑嚷起来："大家慢点嘛，慢点嘛，忙哪样！又不是看影子戏争前排，忙哪样！"

女孩子一声不响早已轻轻一跃跳上了石滩，用力拉着船缆，倾身向后奔，好让船中人逐一起岸，让另一批人上船。一种责任感和劳动的愉快结合，留给我个要忘也不能忘的印象。

我站在干涸的石滩间，远望来处一切。那个隐在丛树后的小小村落，充满诗情画意。渡口悬崖罅缝间绿茸茸的，似乎还生长有许多虎耳草。白鸭子群已游到潭水出口处石坝浅滩边去了，远远地只看见一簇簇白点子在移动。我想起种种过去，也估计着种种未来，觉得事情好奇怪。自然景物的清美，和我另外一时笔下叙述到的一个地方，竟如此巧合。可是生存到这里的人，生命的发展却如此不同。这小地方和南中国任何傍河流其他乡村一样，劳动意义和生存现实，正起着深刻的变化。第一声信号还在十多年前，即那个青石板砌成的畚箕形渡口边一群小孩子游戏处，有一年这样冬晴天气，曾有过一辆中型专用客车在此待渡，有七个地方高级文武官员坐在车中，一阵枪声下同时死去。这是另外一时那个"爱惜鼻子的朋友"告诉我的。这故事如今可能只有管渡船的老人还记住，其他人全不知道，因为时间晃晃快过十年了。现在这个小地方，却正不声不响，一切如随同日月交替、潜移默运地在变化着。小渡船一会儿又回到潭中心去了。四围光景分外清寂。

在一般城里知识分子面前，我常常自以为是个"乡下人"，习惯性情都属于内地乡村型，不易改变。这个时节，才明白意识到，在这个十四五岁真正乡村女孩子那双清明无邪眼睛中看来，却只是个寄生城市里的"蛀米虫"，客气点说就是个"十足的、吃白米饭长大的城里人"。对于乡下的人事，我知道的多是百八十年前的老式样。至于正在风晴雨雪里成长，起始当家作主的新人，如何当家作主，我知道得实在太少了。

一九五七年五月作

◨ 湘西苗族的艺术

你歌没有我歌多，我歌共有三支牛毛多，

唱了三年六个月，刚刚唱完一支牛耳朵。

　　这是我家乡看牛孩子唱歌比赛时一首四句头山歌，健康、快乐，还有点谐趣，唱时听来真是彼此开心。原来作者是苗族还是汉人，可无从知道，因为同样的好山歌，流行在苗族自治州十县实在太多了。

　　凡是到过中南兄弟民族地区住过一阵的人，对于当地人民最容易保留到印象中的有两件事：爱美和热情。

　　爱美表现于妇女的装束方面特别显著。使用的材料，尽管不过是一般木机深色的土布，或格子花，或墨蓝浅绿，袖口裤脚多采用几道杂彩美丽的边缘，有的是别出心裁的刺绣，有的只是用普通印花布零料剪裁拼凑，加上个别有风格的绣花围裙，一条手织花腰带，穿上身就给人一种健康、朴素、异常动人的印象。再配上些飘乡银匠打造的

222

首饰，在色彩配合上和整体效果上，真是和谐优美。并且还让人感觉到，它反映的不仅是个人爱美的情操，还是这个民族一种深厚悠久的文化。

这个区域居住的三十多万苗族，除部分已习用汉文，本族还无文字。热情多表现于歌声中。任何一个山中地区，凡是有村落或开垦过的田土地方，有人居住或生产劳作的处所，不论早晚都可听到各种美妙有情的歌声。当地按照季节敬祖祭神必唱各种神歌，婚丧大事必唱庆贺悼慰的歌，生产劳作更分门别类，随时随事唱着各种悦耳开心的歌曲。至于青年男女恋爱，更有唱不完听不尽的万万千千好听山歌。即或是行路人，彼此莫不相识，有的问路攀谈，也是用唱歌方式进行的。许多山村农民和陌生人说话时，或由于羞涩，或由于窘迫，口中常疙疙瘩瘩，词难达意。如果换个方法，用歌词来叙述，就即物起兴，出口成章，简直是个天生诗人。每个人似乎都有一种天赋，一开口就押韵合腔。刺绣挑花艺术限于女人，唱歌却不拘男女，本领都高明在行。

这种好歌手，通常必然还是个在本村本乡出力得用的人。不论是推磨打豆腐，或是箍桶、做篝子的木匠篾匠，手艺也必然十分出色。他们的天才，在当地所起的作用，是使得彼此情感流注，生命丰富润泽，更加鼓舞人热爱生活和工作。即或有些歌近于谐趣和讽刺，本质依然是十分健康的。这还只是指一般会唱歌的人和所唱的歌而言。

至于当地一村一乡特别著名的歌手，和多少年来被公众承认的歌师傅，那唱歌的本领，自然就更加出色惊人！

一九五六年冬天十二月里，我回到家乡，在自治州首府吉首，就过了三个离奇而且值得永远记忆的晚上。那时恰巧中央民族音乐研究所有个专家工作组共同到了自治州，做苗歌录音记谱工作，自治州龙副州长，特别为邀了四位苗族会唱歌的高手到州上来。天寒地冻，各处都结了冰，院外空气也仿佛冻结了，我们却共同在自治州新办公大楼会议室，烧了两盆大火，围在火盆边，试唱各种各样的歌，一直唱到夜深还不休息。其中两位男的，一个是年过七十的老师傅，一脑子的好歌，真像是个宝库，数量还不止三支牛毛多，即唱三年六个月，也不过刚刚唱完一支牛耳朵。一个年过五十的小学校长，除唱歌外还懂得许多苗族动人传说故事。真是"洞河的水永远流不完，歌师傅的歌永远唱不完"。两个女的年纪都极轻：一个二十岁，又会唱歌又会打鼓，一个只十七岁，喉咙脆脆的，唱时还夹杂些童音。歌声中总永远夹着笑声，微笑时却如同在轻轻唱歌。

大家围坐在两个炭火熊熊的火盆边，把各种好听的歌轮流唱下去，一面解释一面唱。副州长是个年纪刚过三十的苗族知识分子，州政协秘书长，也是个苗族知识分子，都懂歌也会唱歌，陪我们坐在火盆旁边，一面为大家剥拳头大的橘子，一面做翻译。解释到某一句时，照例必一面搔头一面笑着说："这怎么办？简直没有办法译，意思全是双关的，又巧又妙，本事再好也译不出！"小学校长试译了一下，也说有些实在译不出。"正如同小时候看到天上雨后出虹，多好看，可说不出！古时候考状元也一定比这个还方便！"说得大家笑个不止。

虽然很多歌中的神韵味道都难译，我们从反复解释出的和那些又温柔、又激情、又愉快的歌声中，享受得已够多了。那个年纪已过七十的歌师傅，用一种低沉的、略带一点鼻音的腔调，充满了一种不可言说的深厚感情，唱着苗族举行刺牛典礼时迎神送神的歌词，随即由那个十七岁的女孩子接着用一种清朗朗的调子和歌时，真是一种稀有少见杰作。即或我们一句原词听不懂，又缺少机会眼见那个祀事庄严热闹场面，彼此生命间却仿佛为一种共通的庄严中微带抑郁的情感流注浸润。让我想象到似乎就正是二千多年前伟大诗人屈原到湘西来所听到的那个歌声。照历史记载，屈原著名的《九歌》，原本就是从那种古代酬神歌曲衍化出来的。本来的神曲，却依旧还保留在这地区老歌师和年轻女歌手的口头传述中，各有千秋。

年纪较长的女歌手，打鼓跳舞极出色。年纪极轻的叫龙莹秀，脸白白的，眉毛又细又长，长得秀气而健康，一双手大大的，证明从不脱离生产劳动。初来时还有些害羞，老把一双手插在绣花围腰裙的里边。不拘说话或唱歌，总是天真无邪地笑着。像是一树映山红一样，在细雨阳光下开放。在她面前世界一切都是美好的，值得含笑相对，不拘唱什么，总是出口成章。偶然押韵错了字，不合规矩，给老师傅或同伴指点纠正时，她自己就快乐得大笑，声音清脆又透明，如同大小几个银铃子一齐摇着，又像是个琉璃盘装满翠玉珠子滚动不止。事实上我这种比拟形容是十分拙劣、很不相称的。因为任何一种比方，都难于形容充满青春生命健康愉快的歌声和笑！只有好诗歌和好音乐有时还能勉强保留一个相似的形象，可是我却既不会写诗又不会作曲！

这时，我回想起四十多年前做小孩时，在家乡山坡间听来的几首本地山歌，那歌是：

> 天上起云云起花，包谷林里种豆荚，
> 豆荚缠坏包谷树，娇妹缠坏后生家。
> 娇家门前一重坡，别人走少郎走多，
> 铁打草鞋穿烂了，不是为你为哪个？

当时我也还像个看牛娃儿，只跟着砍柴拾菌子的信口唱下去。知道是年轻小伙子逗那些上山割草砍柴拾菌子的年轻苗族姑娘"老弥""代帕"唱的，可并不懂得其中深意。可是那些胸脯高眉毛长眼睛光亮的年轻女人，经过了四十多年，我却还记忆得十分清楚。现在才明白产生这种好山歌实有原因。如没有一种适当的对象和特殊环境作为土壤，这些好歌不会生长的，这些歌也不会那么素朴、真挚而美妙感人。这些歌是苗汉杂居区汉族牧童口中唱出的，比起许多优秀苗歌来，还应当说是次等的次等。

苗族男女的歌声中反映的情感内容，在语言转译上受了一定限制，因之不容易传达过来。但是他们另外一种艺术上的天赋，反映到和生活密切关联的编织刺绣，却比较容易欣赏理解。他们的刺绣图案组得活泼生动，而又充满了一种创造性的大胆和天真，显然和山歌一样，是共同从一个古老传统人民艺术的土壤里发育长成的。这些花样虽完成于十九世纪，却和二千多年前楚文化中反映到彩绘漆器上和青铜镜子的主题图案一脉相通。同样有青春生命的希望和欢乐情感在飞跃，在旋舞，并且充满一种明确而强烈的韵律节奏感。可见，它的产生存在都不是偶然的，实源远流长而永远新鲜。它是祖国人民共同文化遗产一部分，不仅在过去丰富了当地人民生活的内容，在未来，还必然会和年轻生命结合，作出各种不同的光辉的新发展。

□ 过节和观灯[1]

/ 端午给我的特别印象 /

说起过节和观灯，每人都有份不同的经验。

中国是世界上一个大国，地面广、人口多、历史长、分布全国各民族语言文化风俗习惯又不一样，所以一年四季就有许多种节日，使用不同方式，分别在山上、水边、乡村、城镇举行。属于个人的且家家有份。这些节日影响到衣食住行各方面，丰富人民生活的内容，扩大历史文化的面貌，也加深了民族团结的感情。一般吃的如年糕、粽子、月饼、腊八粥，玩的如花炮、焰火、秋千、风筝、灯彩、陀螺、兔儿爷、胖阿福，穿戴的如虎头帽、猫猫鞋，做闹龙舟

---

[1] 原载《人民文学》，一九六三年四月。

和百子观灯图的衣裙、坎肩、涎围和围裙……就无一不和节令密切相关。较古节日已延长了二三千年，后起的也有千把年历史，经史等古籍中曾提起它种种来历和举行的仪式。大多数节日常和农事生产相关，小部分则由名人故事或神话传说而来，因此有的虽具全国性，依旧会留下些区域特征。比如为纪念屈原的五月端阳，包粽子、悬蒲艾、戴石榴花，虽然已成全国习惯，但南方的龙舟竞渡，给青年、妇女及小孩子带来的兴奋和快乐，就绝不是生长在北方平原的人所能想象的！

大江以南，凡是有河流可通船舶处，无论大城小市，端午必照例举行赛船。这些特制龙船多窄而长，有的且分五色，头尾高张，转动十分灵便。平时搁在岸上，节日来临前，才由二三十个特选少壮青年，在鞭炮轰响、欢笑呼喊中送请下水。初五叫小端阳，十五叫大端阳，正式比赛或由初三到初五，或由初五到十五。沅水流域的渔家子弟，白天玩不尽兴，晚上犹继续进行，三更半夜后，住在河边的人从睡梦中醒来时，还可听到水面飘来蓬蓬哨哨的锣鼓声。近年来我的记忆力日益衰退，可是四十多年前在一条六百里长的沅水和五个支流一些大城小镇度过的端阳节，由于乡情风俗热烈活泼，将近半个世纪，种种景象在记忆中还明朗清楚，不褪色，不走样。

因此还可联想起许多用"闹龙舟"做题材的艺术品。较早出现的龙舟，似应数敦煌壁画，东王公坐在上面去会西王母，云游远方，象征"驾六龙以驭天"。画虽成于北朝人手，最先稿本或可早到汉代。[1]
其次是《洛神赋图卷》，也有个相似而不同的龙舟，仿佛"驾玉虬而
偕逝"情形，作为曹植对洛神的眷恋悬想。虽历来当作晋代大画家顾
恺之手笔，产生时代又可能较晚些。还有个长及数丈元明人传摹唐李
昭道《阿房宫图卷》，也有几只装饰华美的龙凤舟，在一派清波中从
容荡漾，和结构宏伟建筑群相呼应。只是这些龙舟有的近于在水云中
游行的无轮车子，有的又和五月端阳少直接关系。由宋到清，比较著
名的画还有张择端《金明争标图》、宋人《龙舟图》、元人王振鹏
《龙舟竞渡图》、宋人《西湖竞渡图》、明人《龙舟竞渡图》……画幅
虽不大，作得都相当生动美丽，反映出部分历史真实。故宫收藏清初
十二月令画轴五月端阳龙舟图，且画得格外华美热闹。

此外明清工人用象牙、竹木和剔红雕填漆做的龙船，也有工艺精
巧绝伦的。至于应用到生活服用方面，实无过西南各省民间挑花刺
绣：被面、帐檐、门帘、枕帕、围裙、手巾、头巾和小孩子穿的坎
肩、涎围、戴的花帽，经常都把"闹龙舟"做主题，加以各种不同
艺术表现，做得异常精美出色。当地妇女制作这些刺绣时，照例必把
个人节日欢乐的回忆，做新嫁娘做母亲对于家庭的幸福愿望，对于儿
女的热爱关心，连同彩色丝线交织在图案中。闹龙舟的五彩版画，也

[1] 此文写于一九六三年，十年后（一九七三年）长沙子弹库出土乘龙人物正证
实了这个推测。

特别受农村中和长年寄居在渔船上、货船上的妇孺欢迎，能引起他们种种欢乐回忆和联想。

/ 记忆中的云南跑马节 /

还有特具地方性的跑马节，是在云南昆明附近乡下跑马山下举行的。这种聚集了近百里内四乡群众的盛会，到时百货云集、百艺毕呈，对于外乡人更加开眼。不仅引人兴趣，也能长人见闻。来自四乡载运烧酒的马驮子，多把酒坛连驮架就地卸下，站在一旁招徕主顾，并且用小竹筒不住舀酒请人品尝。有些上点年纪的人，阅兵点将一般，到处走去，点点头又摇摇头，平时若酒量不大，绕场一周，也就不免给那喷鼻浓香酒味熏得摇摇晃晃有个三分醉意了。各种酸甜苦辣吃食摊子，也都富有云南地方特色，为外地所少见。妇女们高兴的事情，是城乡第一流银匠到时都带了各种新样首饰，选平敞地搭个小小布棚，展开全部场面，就地开业，煮、炸、槌、錾、吹、镀、嵌、接，显得十分热闹。卖土布鞋面枕帕的，卖花边栏干、五色丝线和胭脂水粉香腴子的，都是专为女主顾而准备。文具摊上经常还可发现木刻《百家姓》和其他老式启蒙读物。

大家主要兴趣自然在跑马，特别关心本村的胜败，和划龙船情形相差不多。我对于赛马兴趣并不大。云南马骨架多比较矮小，近于古人说的"果下马"，平时当坐骑，爬山越岭腰力还不坏，走夜路又不轻易失蹄。在平川地作小跑，钻子步走来匀称稳当，也显得满有精神。可是当时我实另有会心，只希望从那些装备不同的马背上，发现一点"秘密"。因为我对工艺美术有点常识，漆器加工历史有许多问题还未得解决。读唐宋人笔记，多以为"犀皮漆"做法来自西南，是由马鞍鞯涂漆久经摩擦而成。"波罗漆"即犀皮中一种，"波罗"由樊绰《蛮书》得知即老虎别名，由此可知波罗漆得名便在南方。但是缺少从实物取证，承认或否认仍难肯定。我因久住昆明滇池边乡下，平时赶火车入城，即曾经从坐骑鞍桥上发现有各种彩色重叠的花斑，证明《因话录》等记载不是全无道理。所谓秘密，就是想趁机会在那些来自四乡装备不同的马背上，再仔细些探索一下究竟。结果明白不仅有犀皮漆云斑，还有五色相杂牛毛纹，正是宋代"绮纹刷丝漆"的做法。至于宋明铁错银马镫[1]，更是随处可见。云南本出铜漆，又有个工艺传统，马具制作沿袭较古制度，本来极平常自然。可是这些小发现，对我说来却意义深长，因为明白"由物证史"的方法，此后应用到研究物质文化史和工艺图案发展史，都可得到不少新发现。当时在人马群中挤来钻去，十分满意，真正应和了古人说的，"相马于牝牡骊黄之外"。但过不多久，更新的发现，就把我引诱过去，认为从马背上研究老问题，不免近于卖呆，远不如从活人中听听

---

[1] 旧北京打磨厂专营车马什件之小作坊，有车船什件鎏金鎏银之工艺。此做法多为蒙古庄作小铁柜，大不过双拳，先剁成锉刀纹再打压银丝再回火研光。

生命的颂歌为有意思了。

原来跑马节还有许多精彩的活动，在另外一个斜坡边，比较僻静长满小小马尾松林子和荆条丛生的地区，那里到处有一簇簇年轻男女在对歌，也可说是"情绪跑马"，热烈程度绝不下于马背翻腾。云南本是个诗歌的家乡，路南和迤西歌舞早著名全国。这一回却更加丰富了我的见闻。

这是种生面别开的场所，对调子的来自四方，各自蹲踞在松树林子和灌木丛沟凹处，彼此相去虽不多远，却互不见面。唱的多是情歌酬和，却有种种不同方式，或见景生情，即物起兴，用各种丰富譬喻，比赛机智才能。或用提问题方法，等待对方答解。或互嘲互赞，随事押韵，循环无端。也唱其他故事，贯穿古今，引经据典，当事人照例一本册，滚瓜熟，随口而出。在场的既多内行，开口即见高低，含糊不得。所以不是高手，也不敢轻易搭腔。那次听到一个年轻妇女一连唱败了三个对手，逼得对方哑口无言，于是轻轻地打了个呃喝，表示胜利结束，从荆条丛中站起身子，理理发，拍拍绣花围裙上的灰土，向大家笑笑，意思像是说，"你们看，我唱赢了"，显得轻松快乐，拉着同行女伴，走过江米酒担子边解口渴去了。

这种年轻女人在昆明附近村子中多的是。性情明朗活泼，劳动手脚勤快，生长得一张黑中透红枣子脸，满口白白的糯米牙，穿了身毛蓝布衣裤，腰间围个钉满小银片扣花葱绿布围裙，脚下穿双云南乡下特有的绣花透孔鞋，油光光辫发盘在头上。不仅唱歌十分在行，大年初一和同伴各个村子里去打秋千，用马皮做成三丈来长的秋千条，悬挂在高树上，蹬个十来下就可平梁，还悠游自在若无其事！

在昆明乡下，一年四季早晚，本来都可以听到各种美妙有情的歌声。由呈贡赶火车进城，向例得骑一匹老马，慢吞吞地走十里路。有时赶车不及还得原骑退回。这条路得通过些果树林、柞木林、竹子林和几个有大半年开满杂花的小山坡。马上一面欣赏土坎边的粉蓝色报春花，在轻和微风里不住点头，总令人疑心那个蓝色竟像是有意模仿天空而成的。一面就听各种山鸟呼朋唤侣，和身边前后三三五五赶马女孩子唱的各种本地悦耳好听山歌。有时面前三五步路旁边，忽然出现个花茸茸的戴胜鸟，蠢起头顶花冠，瞪着个油亮亮的眼睛，好像对唱歌也发生了兴趣，征询我的意见，经赶马女孩子一喝，才扑着翅膀掠地飞去。这种鸟大白天照例十分沉默，可是每在晨光熹微中，却欢喜坐在人家屋脊上，"郭公郭公"反复叫个不停。最有意思的是云雀，时常从面前不远草丛中起飞，扶摇盘旋而上，一面不住唱歌，向碧蓝天空中钻去。仿佛要一直钻透蓝空。伏在草丛中的云雀群，却带点鼓励意思相互应和。直到穷目力看不见后，忽然又像个小流星一样，用极快速度下坠到草丛中，和其他同伴会合，于是另外几只云雀又接着起飞。赶马女孩子年纪多不过十四五岁，嗓子通常并没经过训练，有的还发哑带沙，可是在这种环境气氛里，出口自然，不论唱什么，都充满一种淳朴本色美。

大伙儿唱得最热闹的叫"金满斗会"，有一次由村子里人发起举行，到时候住处院子两楼和那道长长屋廊下，集合了乡村男女老幼百多人，六人围坐一桌，足足坐满了三十来张矮方桌，每桌各自轮流低声唱《十二月花》，和其他本地好听曲子。声音虽极其轻柔，合起来却如一片松涛，在微风荡动中舒卷张弛不定，有点龙吟凤啸意味。仅是这个唱法就极其有意思。唱和相续，一连三天才散场。来会的妇女占多数，和逢年过节差不多，一身收拾得清洁利索，头上手中到处是银光闪闪，使人不敢认识。我以一个客人身份挨桌看去，很多人都像面善，可叫不出名字。随后才想起这个是村子口摆小摊卖酸泡梨的，那个是城门边挑水洗衣的，此外还有打铁箍桶的工匠、小杂货商店的管事、乡村土医生和阉鸡匠，更多的自然是赶马女孩子和不同年龄的农民以及四处飘乡趁集卖针线花样的老太婆，原来熟人真不少！集会表面说辟疫免灾，主要作用还是传歌。由老一代把记忆中充满智慧和热情的东西，全部传给下一辈。反复唱下去，到大家熟习为止。因此在场年老人格外兴奋活跃，经常每桌轮流走动。主要作用既然在照规矩传歌，不问唱什么都不犯忌讳。就中最当行出色是一个吹鼓手，年纪已过七十，牙齿早脱光了，却能十分热情整本整套地唱下去。除爱情故事，此外嘲烟鬼、骂财主，样样在行，真像是一个"歌库"（这种人在我们家乡则叫作歌师傅）。小时候常听老太婆口头语"十年难逢金满斗"，意思是盛会难逢，参加后才知道原来如此。

同是唱歌，另外有种抒情气氛，而且背景也格外明朗美好，即跑马节跑马山下举行的那种会歌。

西南原是诗歌的家乡,我听到的不过是极小范围内一部分而已。建国后人民生活日益美好,心情也必然格外欢畅,新一代歌手,都一定比三五十年前更加活泼和热情。

/ 灯节的灯 /

元宵节主要在观灯。观灯成为一种制度,比较正确的记载,实起始于唐初,发展于两宋,来源则出于汉代燃灯祀太乙。灯事迟早不一,有的由十四到十六,有的又由十五到十九。"灯市"得名并扩大,也是从宋代起始。论灯景壮丽,过去多以为无过唐宋。笔记小说记载,大都说宫廷中和贵族里灯彩奢侈华美的情况。

观灯有"灯市",唐人笔记虽记载过,正式举行还是从北宋汴梁起始,南宋临安续有发展,明代则集中在北京东华门大街以东八面槽一带。从《东京梦华录》和其他记述,得知宋代灯市计五天,由十五到十九。事先必搭一座高大数丈的"鳌山灯棚",上面布置各种灯彩,燃灯数万盏。皇帝到这一天,照例坐了一顶敞轿,由几个得力太监抬着,倒退行进,名叫"鹁鸽旋",便于四面看人观灯。又或叫几个游人上前,打发一点酒食,旧戏中常用的"金杯赐酒"即由之而来。说的虽是"与民同乐",事实上不过是这个皇帝久闭深宫,十分寂寞无聊,大臣们出些巧主意,哄着他开心遣闷而已。宋人笔记同时还记下许多灯彩名目,"琉璃灯"可说是新品种,不仅在富贵人家出

236

现，商店中也起始用它来招引主顾，光如满月。"万眼罗"则用红白纱罗拼凑而成。至于灯棚和各种灯球的式样，有《宋人观灯图》和《宋人百子闹元宵图》，还为我们留下些形象材料。由此得知，明清以来反映到画幅上如《金瓶梅》《宣和遗事》和《水浒传》等插图中种种灯景和其他工艺品——特别是保留到明清锦绣图案中，百十种极其精美好看旁缀珠玉流苏的多面球形灯，基本上大都还是宋代传下来的式样。另外画幅上许多种鱼、龙、鹤、凤、巧作灯、儿童竹马灯、在地下旋转不停的滚灯，也由宋代传来。宋代"琉璃灯"和"万眼罗"，明代的"金鱼住水灯"，和用千百蛋壳做成的巧作灯，用冰做成的冰灯，式样做法虽已难详悉，至于明代有代表性实用新品种，"明角灯"和"料丝灯"，实物还有遗存的。中国历史博物馆又还有个明代宫中行乐图，画的是宫中过年情形，留下许多好看宫灯式样。上面还有个松柏枝扎成挂八仙庆寿的鳌山灯棚，及灯节中各种杂剧活动，焰火燃放情况，并且还有一个乐队，一个"百蛮进宝队"，几个骑竹马灯演《三战吕布》戏文故事场面，画出好些明代北京民间灯节风俗面貌。货郎担推的小车，还和宋元人画的货郎图差不多，车上满挂各种小玩具和灯彩，货郎作一般小商人装束。照明人笔记说，这种种却是专为宫廷娱乐仿照市上风光预备的。

我生长家乡是湘西边上一个居民不到一万户口的小县城，但是狮子龙灯焰火，半世纪前在湘西各县却极著名。逢年过节，各街坊多有自己的灯。由初一到十二叫"送灯"，只是全城敲锣打鼓各处玩去。

白天多大锣大鼓在桥头上表演戏水，或在八九张方桌上盘旋上下。晚上则在灯火下玩蚌壳精，用细乐伴奏。十三到十五叫"烧灯"，主要比赛转到另一方面，看谁家焰火出众超群。我照例凭顽童资格，和百十个大小顽童，追随队伍城厢内外各处走去，和大伙在炮仗焰火中消磨。玩灯的不仅要气力，还得要勇敢，为表示英雄无畏，每当场坪中焰火上升时，白光直泻数丈，有的还大吼如雷，这些人却不管是"震天雷"还是"猛虎下山"，照例得赤膊上阵，迎面奋勇而前。我们年纪小，还无资格参与这种剧烈活动，只能趁热闹在旁呐喊助威。有时自告奋勇帮忙，许可拿个松明火炬或者背背鼓，已算是运气不坏。因为始终能跟随队伍走，马不离群。直到天快发白，大家都烧得个焦头烂额，精疲力尽。队伍中附随着老渔翁和蚌壳精的，蚌壳精向例多选十二三岁面目俊秀姣好男孩子充当，老渔翁白须白发也假得俨然，这时节都现了原形，狼狈可笑。乐队鼓笛也常有气无力板眼散乱地随意敲打着。有时为振作大伙精神，乐队中忽然又悠悠扬扬吹起"踹八板"来，狮子耳朵只那么摇动几下，老渔翁和蚌壳精即或得应着鼓笛节奏，当街随意兜两个圈子，不到终曲照例就瘫下来，惹得大家好笑！最后集中到个会馆前点验家伙散场时，正街上江西人开的南货店布店，福建人开的烟铺，已经放鞭炮烧开门纸迎财神，家住对河的年轻苗族女人，也挑着豆豉萝卜丝担子上街叫卖了。

有了这个玩灯烧灯经验底子，长大后读宋代咏灯节灯事的诗词，便觉得相当面熟，体会也比较深刻。例如吴文英作的《玉楼春》词上半阕：

　　　　茸茸狸帽遮梅额，金蝉罗剪胡衫窄。

　　　　乘肩争看小腰身，倦态强随闲鼓拍。

　　写的虽是八百年前元夜所见，一个小小乐舞队年轻女子，在夜半灯火阑珊兴尽归来时的情形，和半世纪前我的见闻竟相差不太多。因为那八百年虽经过元明清三个朝代，只是政体转移，社会变化却不太大。至于建国后虽不过十多年，社会却已起了根本变化，我那点儿时经验，事实上便完全成了历史陈迹，一种过去社会的风俗画。边远小地方年轻人，或者还能有些相似而不同经验，可以印证，生长于大都市见多识广的年轻人，倒反而已不大容易想象种种情形了。

　　　　　　　　　　　　　　　一九六三年三月写于北京

□ 街

有个小小的城镇，有一条寂寞的长街。

那里住下许多人家，却没有一个成年的男子。因为那里出了一个土匪，所有男子便都被人带到一个很远很远的地方去，永远不再回来了。他们是五个十个用绳子编成一连，背后一个人用白木梃子敲打他们的腿，赶到别处去作军队上搬运军火的伕子的。他们为了"国家"应当忘了"妻子"。

大清早，各个人家从梦里醒转来了。各个人家开了门，各个人家的门里，皆飞出一群鸡，跑出一些小猪，随后男女小孩子出来站在门限上撒尿，或蹲到门前撒尿，随后便是一个妇人，提了小小的木桶，到街市尽头去提水。有狗的人家，狗皆跟着主人身前身后摇着尾巴，也时时刻刻照规矩在人家墙基上抬起一只腿撒尿，又赶忙追到主人前面去。这长街早上并不寂寞。

当白日照到这长街时，这一条街静静的像在午睡，什么地方柳树桐树上有新蝉单纯而又倦人声音，许多小小的屋里，湿而发霉的土地上，头发干枯脸儿瘦弱的孩子们，皆蹲在土地上或伏在母亲身边睡着了。做母亲的全按照一个地方的风气，当街坐下，织男子们束腰用的板带过日子。用小小的木制手机，固定在房角一柱上，伸出憔悴的手来，敏捷地把手中犬骨线板压着手机的一端，退着粗粗的棉线，一面用一个棕叶刷子为孩子们拂着蚊蚋。带子成了，便用剪子修理那些边沿，等候每五天来一次的行贩，照行贩所定的价钱，把已成的带子收去。

许多人家门对着门，白日里，日头的影子正正地照到街心不动时，街上半天还无一个人过身。每一个低低的屋檐下人家里的妇人，各低下头来赶着自己的工作，做倦了，抬起头来，用疲倦忧愁的眼睛，张望到对街的一个铺子，或见到一条悬挂到屋檐下的带样，换了新的一条，便仿佛奇异的神气，轻轻地叹着气，用犬骨板击打自己的下颌，因为她一定想起一些事情，记忆到由另一个大城里来的收货人的买卖了。她一定还想到另外一些事情。

有时这些妇人把工作停顿下来，遥遥地谈着一切。最小的孩子饿哭了，就拉开衣的前襟，抓出枯瘪的乳头，塞到那些小小的口里去。她们谈着手边的工作，谈着带子的价钱和棉纱的价钱，谈到麦子和盐，谈到鸡的发瘟，猪的发瘟。

街上也常常有穿了红绸子大裤过身的女人，脸上抹胭脂擦粉，小小的髻子，光光的头发，都说明这是一个新娘子。到这时，小孩子便大声喊着看新娘子，大家完全把工作放下，站到门前望着，望到看不见这新娘子的背影时才重重地换了一次呼吸，回到自己的工作凳子上去。

街上有时有一只狗追一只鸡，便可以看见到一个妇人持了一长长的竹子打狗的事情，使所有的孩子们都觉得好笑。长街在日里也仍然不寂寞。

街上有时什么人来信了；许多妇人皆争着跑出去，看看是什么人从什么地方寄来的。她们将听那些识字的人，念信内说到的一切。小孩子们同狗，也常常凑热闹，追随到那个人的家里去，那个人家便不同了。但信中有时却说到一个人死了的这类事，于是主人便哭了。于是一切不相干的人，围聚在门前，过一会，又即刻走散了。这妇人，伏在堂屋里哭泣，另外一些妇人便代为照料孩子，买豆腐，买酒，买纸钱，于是不久大家都知道那家男人已死掉了。

街上到黄昏时节，常常有妇人手中拿了小小的筐萝，放了一些米，一个蛋，低低地喊出了一个人的名字，慢慢地从街这端走到另一端去。这是为不让小孩子夜哭发热，使他在家中安静的一种方法，这方法，同时也就娱乐到一切坐到门边的小孩子。长街上这时节也不寂寞的。

黄昏里，街上各处飞着小小的蝙蝠。望到天上的云，同归巢还家的老鸹，背了小孩子们到门前站定了的女人们，一面摇动背上的孩子，一面总轻轻地唱着忧郁凄凉的歌，娱悦到心上的寂寞。

"爸爸晚上回来了，回来了，因为老鸹一到晚上也回来了！"

远处山上全紫了，土城擂鼓起更了，低低的屋里，有小小油灯的光，为画出屋中的一切轮廓，听到筷子的声音，听到碗盏磕碰的声音……但忽然间小孩子又哇地哭了。

爸爸没有回来。有些爸爸早已不在这世界上了，但并没有信来。有些临死时还忘不了家中的一切，便托便人带了信回来。得到信息哭了一整夜的妇人，到晚上便把纸钱放在门前焚烧。红红的火光照到街上下人家的屋檐，照到各个人家的大门。见到这火光的孩子们，也照例十分欢喜。长街这时节也并不寂寞。

阴雨天的夜里，天上漆黑，街头无一个街灯，狼在土城外山嘴上嗥着，用鼻子贴近地面，如一个人的哭泣，地面仿佛浮动在这奇怪的声音里。什么人家的孩子在梦里醒来，吓哭了，母亲便说："莫哭，狼来了，谁哭谁就被狼吃掉。"

卧在土城上高处木棚里老而残废的人，打着梆子。这里的人不须明白一个夜里有多少更次，且不必明白半夜里醒来是什么时候。那梆子声音，只是告给长街上人家，狼已爬进土城到长街，要他们小心一点门户。

一到阴雨的夜里，这长街更不寂寞，因为狼的争斗，使全街热闹了许多。冬天若夜里落了雪，则早早地起身的人，开了门，便可看到狼的脚迹，同糍粑一样印在雪里。

一九三一年五月十日作

☐ *Láomei*，*zuohen*！[1]

微微的凉风吹拂了衣裙，
淡淡的黄月洒满了一身。
星样的远远的灯成行排对，
灯样的小小的星无声长坠。

——《月下》——

在长期的苦恼中沉溺，我感到疲倦，乏力，气尽，希望救援，置诸温暖。在一种空虚的想望中，我用我的梦，铸成了偶像一尊。我自己，所有的，是小姐们一般人所不必要的东西，内在的，近于潜伏的，忧郁的热情。这热情，在种种习俗下，真无价值！任何一个女人，从任何一个男子身上都可找到的脸孔上装饰着的热情，人来向我

---

[1] 苗语：妹子，真美呀！

244

处找寻，我却没有。

我知道，一个小小的殷勤，能胜过更伟大但是潜默着的真爱。

在另一方面，纵是爱，把基础建筑到物质一方，也总比到空虚不可捉找的精神那面更其切于实用。这也可说是女人们的聪明处。不过，傻子样的女人呢，我希望还是有。

我所需要于人，是不加修饰的热情，是比普通一般人更贴紧一点的友谊，要温柔，要体谅。我愿意我的友人脸相佳美，但愿意她灵魂更美，远远超过她的外表。我所追求的，我是深知。但在别人，所能给我的，是不是即我找寻的东西？我将于发现后，再检察我自己。这时，让它茫然的，发痴样，让朋友引我进到新的矿地，用了各样努力，去搜索，在短短期间中，证明我的期望。暂忘却我是一个但适宜于白日做梦的独行人，且携了希望，到事实中去印证。于我适宜的事，是没有比这更其适宜了，因此我到了一个地方。

呵，在这样月色里，我们一同进入一个夸大的梦境。黄黄的月，将坪里洒遍，却温暖了各人的心。草间的火萤，执了小小的可怜的火炬，寻觅着朋友。这行为，使我对它产生无限的同情。

小的友人！在这里，我们同是寻路者，我将燃起我心灵上的火把，同你样沉默着来行路！

月亮初圆，星子颇少。拂了衣裙的凉风，且复推到远地，芦苇叶子，瑟瑟在响。金铃子象拿了一面小锣在打，一个太高兴了天真活泼的小孩子！

四人整齐地贴到地上移动的影子，白的鞋，纵声的笑，精致的微像有刺的在一种互存客气中的谈话，为给我他日做梦方便起见，我一一地连同月色带给我的温柔感触，都保留到心上了。真像一个夸大的梦！我颇自疑。在另一时，一件极其平常的事，就会将我这幻影撞碎，而我，却又来从一些破碎不完整的残片中，找寻我失去的心。我将在一种莫可奈何中极其柔弱地让回忆的感情来宰割，且预先就见到我有一天会不可自拔地陷进到这梦的破灭的哀愁里。虽然，这时我却是对人颇朦胧，说是不需要爱，那是自欺的事，但我真实的对于人，还未能察觉到的内心就是生了沸腾，来固执这爱！在如此清莹的月光下，白玉雕像样的 lǎomei 前，我竟找不到我是蒙了幸福的处所来。我只觉得寂寞。尤其是这印象太美。我知道，我此后将于一串的未来日子里，再为月光介绍给我这真实的影子，在对过去的追寻里，我会苦恼得成一个长期囚于荒岛的囚人。

我想，我是永远在大地上独行的一个人，没有家庭，缺少朋友，过去如此，未来还是如此，且，自己是这样：把我理想中的神，拿来安置在一个或者竟不同道的女人身上，而我在现实中，又即时发现了事实与理想的不协调。我自己看人，且总如同在一个扩大镜里，虽然是有时是更其清白，但，谬误却随时随地显著暴露了。一根毛发，在我看来，会发见许多鳞片。其实这东西，在普通触觉下，无论如何不会刺手；而我对一根毛发样的事的打击，有时竟感到颇深的疼痛。……我有所恐惧，我心忽颤抖，终于我走开了。我怕我会在一种误会下沉坠，我慢慢地把自己留在月光下孤独立着了。

我想起我可哀的命运，凡事我竟如此固执，不能抓住眼前的一切，享受刹那的幸福，美的欣赏却总偏到那种恍惚的梦里去。

"眼前，岂不是颇足快乐么？"谢谢朋友的忠告，正因为是眼前，我反而更其凄凉了。这样月色，这样情景，同样的珍重收藏在心里，倘若是不能遗忘，未必不可作他日温暖我们既已成灰之心。但从此事看来，人生的渺茫无端，就足使我们一同在这明月下痛哭了！

他日，我们的关系，不论变成怎样，想着时，都使我害怕。变，是一定的。不消说，我是希望它变成如我所期待的那一种，我们当真会成一个朋友。这也是我每一次同女人在一种泛泛的情形中接触时，就发生的一个希望。我竟不能使我更勇猛点，英雄点，做一个平常男子的事业，尽量地，把心灵迷醉到目下的欢乐中。我只深深地忧愁着：尽力扩张的结果，在他日，我会把我苦恼的分量加重，到逾过我所能担负的限度以外。我就又立时怜悯我自己起来。在一种欢乐空气中，我却不能做一点我应做的事，永远是向另一个虚空里追求，且竟先时感到了还未拢身的苦楚！

在朋友面前，我已证明我是一个与英雄相反的人了，我竟想逃。

在真实的谈话中，我们可以找出各人人格的质点来。在长期沉默里，我们可以使灵魂接近。但我都不愿去做。我欲从别人方面得到一个新的启示，把方向更其看得清楚，但我就怀了不安，简直不想把朋友看得透彻一点。力量于我，可说是全放到收集此时从视觉下可以吸入的印象上面去了。别人的话，我不听；我的话，却全不是我所应当说的夹七杂八的话。

"月亮真美!"

"月亮虽美，láomei，你还更美!"象朋友，短兵直入的夸赞，我却有我的拘束，想不到应如此说。

我的生涩，我的外形的冷静，我的言语，甚至于我的走路的步法，都不是合宜于这种空气下享受美与爱的，我且多了一层自知，我，熨贴别人是全无方法，即受 láomei 们来安慰，也竟不会!

朋友们，所有的爱，坚固得同一座新筑成的城堡样，且是女墙上插了绣花旗子，鲜艳夺目。我呢，在默默中走着自己的道路而已。

到了一个地方，大家便坐了下来。行到可歇憩处便应休息，正同友情一个样子。

"我应该怎么办?"想起来，当真应当做一点应做的事，为他日证明我在此一度月圆时，我的青春，曾在这世界上月光下开了一朵小小的花过。从官能上，我应用一种欣赏上帝为人造就这一部大杰作样去尽意欣赏。这只是一生的刹那，稍纵，月儿会将西沉，人也会将老去!

Láomei, zuohen!（妹子，真美呀!）一个春天，全在你的身上。

一切光荣，一切幸福，以及字典上一堆为赞美而预备的字句，都全是为你们年轻 Láomei 而预备。

颇远的地方，有市声随了微风扬到耳边。月亮把人的影子安置到地上。大坪里碎琉璃片类，在月下都反射着星样的薄光。一切一切，在月光的抚弄下，都极其安静，入了睡眠。

月边，稀薄的白云，如同淡白之微雾，又如同扬着的轻纱。

……单为这样一个良夜圆月，人即使陌生再陌生，对这上天的恩惠，也合当拥抱，亲吻，致其感谢！

一个足以自愕的贪欲，一个小小的自私，在动人的月光下，便同野草般在心中滋长起来了。我想到人类的灵魂用处来。我想到将在这不可复得之一刹那，在各人心头，留下一道较深的印子。在两人的嘴边，留下一个永远的温柔的回味。时间在我们脚下轻轻滑过，没有声息，初不停止，到明日，我们即已无从在各人脸上找出既已消失的青春了！用颇大的力量，把握到现实，真无疑虑之必须！

把要求提高，在官能上，我可以做一点粗暴点的类乎掠夺样的事情来，表示我全身为力所驱迫的热情，于自己，私心的扩张，也是并不怎样不恰当。且，那样结果，未必比我这么沉默下来情形还更坏。照这样做，我也才能更像男子一点。一个男子，能用力量来爱人，比在一种女性的羞腼下盼望一个富于男性的女子来怜悯，那是好多了。

但我并不照到我的心去做。头上月亮，同一面镜子，我从映到地下的影子上起了一个颓唐的自馁的感慨，"不必在未来，眼前的我，已是老了，不中用了，再不配接受一个人的友情了。倘若是，我真有那种力量，竟照我自私的心去办，到他时，将更给我痛苦。这将成我一个罪孽，我曾沉溺到忏悔的深渊里，无从自救。"于是，身虽是还留在别人身边，心却偷偷悄悄地逃了下来，跑到幽僻到她要找也无从找的一处去了。

Láomei，zuohen！一个春天，全在你的身上。一切光荣，一切幸福，以及字典上一堆为赞美而预备的字句，都全是为你们而有。一切艺术由你们来建设。恩惠由你们颁布给人。剩下来的忧愁苦恼，却为我们这类男子所有了！

　　在蓝色之广大空间里，

　　月儿半升了银色之面孔，

　　超绝之"美满"在空中摆动，

　　星光在毛发上闪烁——如神话里之表现。

——《微雨·她》

我如同哑子，无力去狂笑，痛哭，宁静地在梦样的花园里勾留，且斜睇无声长坠之流星。想起《微雨·幽怨》的前段：

　　流星在天心走过，反射出我心中一切之幽怨。不是失望的凝结，抑攻击之窘迫，和征战之败北！……

心中有哀戚幽怨，他人的英雄，乃更形成我的无用。我乃留心沙上重新印下之足迹，让它莫在记忆中为时光拭荆"我全是沉闷，静寂，排列在空间之隙。"

朋友离我而他去，淡白的衣裙，消失到深蓝暗影里。我不能说生命是美丽抑哀戚。在淡黄色月亮下归来，我的心涂上了月的光明。倘他日独行旷野时，将用这永存的光明照我行路。

一九二六年八月二十一日深夜作

编者说明

沈从文，二十世纪中国最优秀的作家之一。湖南凤凰人，早年投身行伍，一九二四年开始文学创作，是白话文革命的重要践行者和代表作家。沈从文文采斐然，笔耕不辍，以湘西的人情、自然、风俗为背景，凭一颗诚心，用最干净的文字缔造了纯美的湘西世界，也由此奠定了他在中国现代文学中的独特地位。

从文先生的小说和散文，大大丰富了中国现代文学的审美形象，湘西世界反映出的对自然的感怀和对纯粹人性的渴望，也引起了广大读者的共鸣。其晚年主要从事中国古代服饰研究，编著的《中国古代服饰研究》填补了中国文物研究史上的一项空白。

参考现已出版的各种相关文集，我们精心选取了沈从文作品中的经典篇目，并根据题材和内容特色对所选篇目重新编排。在编校过程中，我们力求保持作品原貌，只对所选作品原文的个别字词、标点符号及相关引文进行了修订和校正，以飨读者。

限于学力和经验，在编校中难免有错讹疏漏之处，敬请广大方家、读者斧正。

编　　者